Mi Desaliñado

Suéter de Lectura

P. Kevin   Remington

AEGA Design Publishing Ltd
London, UK

ISBN 978-1-7395166-6-6 (pbk)
ISBN 978-1-7395166-7-3 (digital)

A Kyle y Stephanie,
mis compañeras campistas

Contenido

Prefacio

En Marzo de 2020, debido al COVID-19, decidí que todos necesitaban un descanso y distracción de la abrumadora pandemia. La pregunta era, ¿qué podía exactamente hacer para ayudar? No podía cantar lo suficientemente bien como para hacer una grabación de vídeo para que todos la disfrutaran. Soy más un cantante de ducha. También quería que este fuera un evento recurrente. Tener un solo video no habría logrado mi propósito.

Me han dicho que puedo contar bien una historia. Mi hija me sugirió que leyera historias de niños y las publicara en línea. Esa era la solución y el lugar que estaba buscando.

Del 21 de marzo al 5 de octubre, leí y conté un cuento infantil todos los días. No puedo decir que tuviera un gran número de espectadores. Tuve espectadores regulares que realmente disfrutaron de mi narración.

En las 199 historias presentadas, incluí a muchos autores de niños bien conocidos y algunos menos conocidos. También incluí diecisiete que fueron creados por mí. No podía decir "escrito por mí" hasta hoy. Me acabo de poner mi suéter de lectura desaliñado, sorbí mi bebida del día y conté la historia. Este libro es una colección de las historias que he creado.

La humildad no es una de mis mayores virtudes, pero debo decir que más bien disfruté contando la historia y luego escuchando la historia. Fue solo después de escuchar la historia que la escribí para este libro. Ahora las historias están disponibles para que disfrutes de ellas.

¡Así que ponte tu propio suéter de lectura desaliñado y disfruta!

Si quieres escucharme leer o contar la historia, puedes encontrarlas todas en YouTube. Busca "Kev Rem Story Time."

P. Kevin Remington
24 Diciembre 2020

El castillo de una sola piedra

P. Kevin Remington
Julio de 2000

Si viajas por este camino, pasando la bifurcación en el camino y sobre la colina, llegaras a un pequeño reino. La gente de este pequeño reino es feliz. Todos tienen suficiente para comer. Todos tienen casas con camas. Los niños son felices y juegan en las calles. Las calles son seguras.

Si le preguntaras a cualquier persona de este reino por qué están tan seguros y felices, todos dirían, "Es por nuestro buen rey."

Si sigues el camino a través del pueblo y subes la colina, encontrarás al final del camino un hombre sentado en una gran piedra. Este hombre es el rey.

El rey se sienta en una piedra grande que fue cortada de las montañas del sol en el borde lejano del reino. Es un gran hombre con un reino y gente que lo ama. Es como cualquier otro rey. Recauda impuestos. Se encarga de los caminos y senderos para mantenerlos a salvo. Se asegura de que cada uno de sus sujetos tenga suficiente para comer. La única diferencia de este rey de otros reyes es que no tiene castillo.

Si le preguntaras a este rey por qué no tiene castillo, respondería: "Tengo un castillo magnífico. ¿Ves esta gran piedra en la que me siento? Es solo el comienzo."

Entonces el rey te daría el recorrido por su magnífico castillo.

"Aquí está mi entrada, si tuviera una."

"Por aquí está mi sala del trono donde tengo audiencias, si la tuviera uno."

"Por aquí está mi gran cocina donde se preparan fiestas maravillosas, si tuviera una."

"Y aquí está mi dormitorio donde el rey duerme, si tuviera uno."

El rey estaba muy orgulloso de contarle a otros sobre su magnífico castillo.

A través de los años, otros reyes escucharían de este maravilloso reino. Escucharían cómo las calles son seguras. Escucharían acerca de la gente feliz. Y se enterarían de lo mucho que la gente amaba al rey. Todos estos otros reyes escucharían... y estarían celosos.

La gente en los reinos de estos otros reyes no entendía. En sus reinos, el rey vivía en enormes y gloriosos castillos de piedra y vidrio. Cada castillo era la envidia de otros reinos, pero incluso con castillos tan maravillosos, su gente no amaba a sus reyes. Sus hijos no jugaban alegremente en las calles. Sus calles no eran seguras. Los otros reinos estaban muy celosos del reino feliz.

Un día, todos los otros reinos se reunieron y decidieron enviar una delegación al reino feliz para ver por qué estaban tan felices. La delegación estaba formada por reyes y príncipes y señores y damas de todos los demás reinos.

Cuando la delegación llegó al reino feliz, primero se detuvieron y hablaron con los niños, quienes felizmente invitaron a la delegación a jugar rayuela con ellos. La delegación dijo: "¡No, señores y damas y reyes y príncipes nunca juegan a la rayuela!"

A continuación, la delegación conversó con el alcalde del pueblo, quien felizmente invitó a la delegación a un almuerzo de sopa y sándwiches de queso y maní. La delegación dijo: "¡No, señores y damas y reyes y príncipes nunca comen comida tan común!"

La delegación preguntó cómo encontrar al rey de este reino feliz. Se les dijo que fueran por el camino y subieran la colina y allí encontrarían al rey.

Cuando la delegación bajó por el camino y subió la colina, no encontraron al rey, sino solo a un hombre con una sonrisa fácil sentado en un gran piedra. Cuando pidieron ver al rey, les dijo que él era el rey.

La delegación no creía que él fuera el rey porque no podían ver el castillo del rey. El rey dijo: "Aquí está mi entrada, si tuviera una."

"Aquí está mi sala del trono donde tengo audiencias, si tuviera una."

"Por aquí está mi gran cocina donde se preparan fiestas maravillosas, si tuviera una."

"Y aquí está mi dormitorio donde el rey duerme, si tuviera uno."

El rey estaba muy orgulloso de contarle a la delegación sobre su magnífico castillo.

¡Los otros reyes y príncipes y señores y damas se sorprendieron! Estaban horrorizados y disgustados porque todos tenían grandes castillos de piedra y vidrio.

Cuando el rey sugirió que les gustaría jugar a la rayuela con los niños o disfrutar de sándwiches de mantequilla de maní con el alcalde, la delegación quedó completamente atónita. Con eso, el rey se fue a jugar con los niños y almorzar con el alcalde, y la delegación dejó el reino, para nunca volver.

Al año siguiente, cuando el rey tenía su cumpleaños, todo el pueblo planeó una sorpresa especial para él.

El alcalde invitó al rey a recorrer el pueblo con él. Durante todo el día, miraron los árboles y lo pasaron muy bien. Vieron a los niños jugar y pasar un buen rato. Miraron las granjas y los campos de cereales y tuvieron un día encantador.

Mientras el rey estaba fuera, la gente construyó un magnífico castillo de piedra y vidrio. Cuando el rey volvió a sentarse en su gran piedra, encontró, donde estaba su gran piedra, un magnífico castillo. Y cuando el rey miró más de cerca, encontró que justo allí, al lado del puente, estaba la gran piedra. Allí estaba el comienzo del castillo del rey.

La gente le dio al rey un recorrido por su magnífico castillo.

"Aquí está su entrada."

"Por aquí está la sala del trono donde puedes tener audiencias."

"Aquí está la gran cocina donde se prepararan fiestas maravillosas."

"Y aquí está tu dormitorio donde dormirás."

El pueblo estaba muy orgulloso de mostrarle al rey su magnífico castillo.

El rey estaba tan abrumado por el amor de su pueblo que les

agradeció a todos uno por uno y lloró lágrimas de alegría.

Después de vivir en el magnífico castillo, el rey estaba inquieto. Caminaba por los grandes salones de su castillo y visitaba sus grandes habitaciones y miraba a la magnífica vista. Aun así, el rey era cada vez más infeliz.

Una noche, cuando el rey le dio un beso de buenas noches a su hijo, dijo: "Hijo, todo esto es tuyo." Luego el rey arropó a su hijo como lo hacía todas las noches.

Por la mañana, cuando todos estaban despiertos, no pudieron encontrar al rey.

Miraron en la entrada. El rey no estaba allí.

Miraron en la sala del trono. El rey no estaba allí.

Miraron en la cocina. El rey no estaba allí.

Miraron en el dormitorio, y el rey todavía no estaba allí. Más tarde en el día, un niño pequeño estaba saltando sobre el puente levadizo y notó algo extraño. Allí, junto al puente levadizo donde se colocó la primera gran piedra, el niño vio un gran agujero. La gran piedra se había ido.

Dicen que si viajas por ese camino, no por ese, por allá, y cruzas la colina y el valle, llegarás a una encrucijada.

Dicen que en la encrucijada se sienta un hombre con ojos agradables y una sonrisa fácil sentado en una gran piedra.

El Fin

Cupcakes No

Stephanie Remington
Abril de 2020

Sarah llegó a casa de la escuela el martes y le dijo a su mamá: "Mamá, mañana es mi cumpleaños, y quiero llevar un regalo especial para mi clase".

"Bien, Sarah, ¿qué te gustaría levar? ¿Te gustaría hacer cupcakes?", le preguntó la madre de Sarah.

"Pero, mamá, todo el mundo hace cupcakes. Quiero algo especial. Algo súper que todos amarán. Quiero que sea lo mejor que alguien haya llevado para su cumpleaños", le dijo Sarah a su madre.

La madre de Sarah le sonrió amablemente y le dijo: "Pero, cariño, a todos les encantan los cupcakes."

Sarah puso sus manos en las caderas y dijo: "¡Cupcakes no!"

"¿Entonces qué quieres hacer?", preguntó la mamá de Sarah.

Sarah pensó. Y pensó. Y pensó un poco más.
Pero no podía pensar en nada que hacer.

"Apuesto a que papá sabrá qué hacer", pensó Sarah mientras salía corriendo del cuarto al estudio de su padre.

Se acercó a su padre y le dijo: "Papá, mañana es mi cumpleaños, y quiero llevar un regalo especial para mi clase. Quiero hacer algo especial. Algo súper que todos amarán. Quiero que sea lo mejor que alguien haya llevado para su cumpleaños, pero no sé qué hacer."

"¿Por qué no haces cupcakes? Todo el mundo ama los cupcakes," el padre de Sarah le respondió.

"¡Cupcakes no!" dijo Sarah.

"¿Entonces qué quieres hacer?", preguntó su padre.

Sarah no lo sabía, así que decidió preguntarle a su hermano mayor, Cory. Seguramente sabría qué hacer. Después de todo, ha tenido muchos cumpleaños.

Se dirigió directamente a su hermano, que estaba viendo la televisión, y dijo: "Cory, mañana es mi cumpleaños, y quiero llevar un regalo especial para mi clase. Quiero hacer algo especial. Algo súper que todos amarán. Quiero que sea lo mejor que alguien haya llevado para su cumpleaños, pero no sé qué hacer."

"¿Por qué no haces cupcakes? Todos aman los cupcakes," Cory dijo mientras la empujaba a un lado para poder ver la televisión.

"¡Cupcakes no!" Sarah dijo.

"¿Entonces qué vas a hacer?", preguntó Cory.

Sarah no tenía idea de qué hacer, así que fue a la casa del vecino y llamó a la puerta. Cuando la Sra. Pither respondió, Sarah dijo: "Sra. Pither, mañana es mi cumpleaños, y quiero llevar un regalo especial para mi clase. Quiero hacer algo especial. Algo súper que todos amarán. Quiero que sea lo mejor que alguien haya llevado para su cumpleaños, pero no sé qué hacer."

"¿Qué tal cupcakes?" La Sra. Pither dijo: "Todos aman los cupcakes."

"¡Cupcakes no!" dijo Sarah.

Sarah regresó a su casa y a su habitación y pensó. Pensó, pensó y pensó. Pensó hasta que sintió que su cerebro se iba a derretir. Luego pensó un poco más.

Ya sé, pensó Sarah, puedo hacer *barras de mantequilla de maní.*

"Pero espera, Toby es alérgico a los cacahuetes".

Entonces Sarah pensó un poco más.

"Podría llevar helado, pero se derretiría antes de ir a la escuela."

Era casi la hora de la cena y todavía Sarah no sabía qué hacer. Después de la cena, pensó un poco más. Finalmente, Sarah decidió qué hacer.

Al día siguiente en la escuela, la maestra dijo: "Sarah, es tu cumpleaños. ¿Trajiste algo para la clase?"

Sarah sonrió y dijo: "¡He traído cupcakes! ¡A todos les encantan los cupcakes!"

Y era verdad. Todos disfrutaron de los cupcakes que Sarah llevó.

El Fin

Serpenteante, ondulado y Jonathan Thomas Henry

P. Kevin Remington
Marzo de 2020

Me gustaría contarte una historia sobre tres amigos míos. Vivían detrás de mi cobertizo en el patio trasero. Sus nombres eran Serpenteante, Ondulado, y Jonathan Thomas Henry, y eran gusanos.

Ahora bien, Serpenteante y Ondulado eran gusanos normales, pero su amigo, Jonathan Thomas Henry, era un poco diferente. Llevaba un sombrero de fieltro a la escuela y una pequeña mochila. Jonathan Thomas Henry no hacía cosas normales. Aunque Jonathan Thomas Henry era un poco diferente, Serpenteante, Ondulado y Jonathan Thomas Henry eran los mejores amigos.

Déjame contarte la historia de cómo los tres gusanos se hicieron grandes amigos.

Jonathan Thomas Henry era el nuevo gusano en la escuela. Iba a la escuela, como todos los otros gusanos. Montaba su bicicleta de gusano por la calle. Jugaba con en el agua de la manguera. Fue a Worm Scouts.

Todavía Jonathan Thomas Henry era un poco diferente. Llevaba un sombrero, un fedora. La mayoría de los gusanos no usan sombreros.

Los tres gusanos no siempre fueron los mejores amigos.

Un día, Serpenteante estaba jugando junto a la manguera, donde el agua se escurre por el patio. Se divertía mucho chapoteando dentro y fuera del agua, como suelen hacer los gusanos. Al cabo de un rato, su amigo Ondulado vino a jugar con él.

Poco sabían que muy por encima de ellos, muy arriba en el cielo, había un petirrojo mirándolos. El petirrojo voló alrededor, solo esperando el momento adecuado para atrapar estos dos gusanos jugosos. Serpenteante y Ondulado no vieron al petirrojo y siguieron jugando en el agua divirtiéndose.

Cuando Serpenteante y Ondulado notaron la sombra sobre ellos, era demasiado tarde. El petirrojo se abalanzó y agarró a Serpenteante y lo lanzó por los aires. El petirrojo llevó a Serpenteante a lo alto de un árbol casi cinco pies en el aire y lo dejó en una rama para comerlo más adelante.

Serpenteante estaba arriba en el árbol, y estaba asustado. Nunca había estado en un árbol antes. Nunca había estado tan arriba en toda su vida. Estaba aterrorizado. Estaba llorando. Sabía que iba a ser comido por el petirrojo.

Ondulado estaba muy asustado. No sabía qué hacer. Corrió hacia el árbol. Corrió hacia la manguera. Corrió hacia el árbol. Corrió hacia la manguera. No sabía qué hacer. En la distancia, Ondulado vio a Jonathan Thomas Henry, y corrió a contarle lo que había sucedido y ver si Jonathan Thomas Henry sabía qué hacer.

Ondulado dijo: "¡Jonathan, Jonathan, Jonathan!"

Jonathan Thomas Henry dijo: "¿Qué? ¿Qué? ¿Qué?"

Ondulado entonces le dijo que un petirrojo había tomado a Serpenteante y lo había puesto alto en un árbol e iba a comérselo. Ondulado dijo: "No sé qué hacer. ¿Tu?"

Jonathan Thomas Henry era un Worm Scout. Los Worm Scouts siempre están preparados. Corrió hacia el árbol y miró hacia arriba. Serpenteante estaba muy arriba. Serpenteante estaba casi a cinco pies del suelo, y eso es realmente alto para un gusano, pero Jonathan Thomas Henry sabía exactamente qué hacer.

Jonathan Thomas Henry comenzó a apretarse entre las crestas de la áspera corteza del árbol. Trepó sobre las ramas. Después de mucho tiempo, Jonathan Thomas Henry finalmente alcanzó la rama en la que Serpenteante estaba sentado.

Jonathan Thomas Henry estaba tan feliz. Pensó que ahora podía salvar a Serpenteante y que los dos podrían bajar de la misma manera que subió.

Él dijo: «Serpenteante, ven aquí para que podamos bajar.»

Serpenteante estaba demasiado asustado para moverse. Serpenteante se aferró a la rama y él no estaba pensando en moverse y caer bajando del árbol.

Jonathan Thomas Henry tenía un problema. Tenía que hacer que Serpenteante bajara. Sabía que podía bajar, pero no podía hacer que Serpenteante bajara. ¿Cómo iba a rescatar a Serpenteante ahora?

Jonathan Thomas Henry pensó y pensó. Sabía que el petirrojo podía volver en cualquier momento y volar hasta allí y llevarse a ambos. Entonces Jonathan Thomas Henry tuvo una idea. Si el petirrojo puede volar, ellos también.

Jonathan Thomas Henry dijo: "Serpenteante, si no va a bajar, tendremos que volar hacia abajo."

"¡Qué!" chilló Serpenteante.

Jonathan Thomas Henry llevó a Serpenteante al final de la rama, y allí había una buena hoja verde. Jonathan Thomas Henry se subió a la hoja y le dijo a Serpenteante que subiera con él.

Serpenteante gritó, "No veo cómo vamos a volar. El petirrojo va a venir a comernos a los dos!"

Jonathan Thomas Henry dijo "No, no, no", y se quitó la mochila. Luego sacó su cuchillo Worm Scout, y comenzó a cortar la hoja de la rama. Después de unos minutos de cortar la hoja, Jonathan Thomas Henry puso el cuchillo Worm Scout en su mochila y rompió la última pieza, y la hoja comenzó a caer libre.

La hoja flotaba en el aire un poco por aquí. Un poco por allá. Serpenteante y Jonathan Thomas Henry flotaron suavemente hacia el suelo en la parte posterior de la hoja.

Jonathan Thomas Henry se lo estaba pasando de maravilla, dando vueltas y riendo. Serpenteante se aferraba a su vida y estaba aterrorizado.

De repente, justo cuando la hoja estaba a unas seis pulgadas sobre el suelo, una ráfaga de viento la agarró y la volcó. ¡Jonathan Thomas Henry y Serpenteante cayeron al suelo con un golpe!

Serpenteante estaba sorprendido de que aún estaba vivo.

Jonathan Thomas Henry estalló riendo y riendo y riendo. Entonces Serpenteante comenzó a reír. Cuando Ondulado corrió a ver si estaban bien. Todos se reían. Fue un largo tiempo antes de Jonathan Thomas Henry y Serpenteante fueron capaces de decirle a ondulado lo que había pasado.

Desde ese día en adelante, Serpenteante, Ondulado y Jonathan Thomas Henry fueron los mejores amigos.

El Fin

Té del abuelo

P. Kevin Remington
Junio de 2020

Me gustaría contarles una historia sobre mis tres amigos. Son tres gusanos que viven detrás de mi cobertizo en el patio trasero. Serpenteante, Ondulado, y Jonathan Thomas Henry quienes son buenos amigos.

Serpenteante y Ondulado eran tu tipo normal de gusanos, pero su amigo, Jonathan Thomas Henry, era un poco diferente para un gusano. Jonathan Thomas Henry siempre llevaba una mochila, y siempre llevaba un sombrero fedora. Un sombrero muy extraño para un gusano, pero siempre llevaba un sombrero fedora. A Serpenteante y Ondulado les gustaba Jonathan Thomas Henry porque eran mejores amigos.

Un día, los tres amigos estaban en el patio de la escuela en el recreo, y Serpenteante y Ondulado y Jonathan Thomas Henry estaban hablando de sus abuelos.

Ondulado decía: "Tengo que ir a ver a mi abuelo este fin de semana. Odio ver al abuelo. Siempre me pellizca la mejilla. Siempre me abraza. ¡Siempre huele a té de manzanilla! ¡Qué asco! ¡Odio ir a visitar al abuelo!"

Jonathan Thomas Henry dijo: "¿En serio? Siempre me encanta ir a ver a mi abuelo."

Ondulado preguntó: "¿Por qué? ¿No es horrible?"

"Oh no", dijo Jonathan Thomas Henry. "Mi abuelo es un hombre ganador. Era carpintero. Construyó casas y tiendas. Ves el gran tobogán en el montón de compost, trabajó en eso y ayudó a construirlo. Cuando iba a visitarlo, me mostraba todas sus herramientas y me decía cómo se usaban."

Jonathan Thomas Henry continuó, "cuando estábamos en su taller, me contaba historias y secretos. Me contaba sobre cuando papá era un pequeño gusano y todos los secretos que descubrió a papá haciendo. ¡Y eran realmente buenos secretos! Entonces el abuelo le pedía a la abuela que hiciera galletas solo para mí. Aunque creo que el abuelo se comia la mayoría de las galletas. Y cada día a las tres en punto exactamente, él paraba lo que estaba haciendo. Iba a limpiarse, y él y la abuela tomaban té. Tomaban té Earl Grey todos los días a las tres. El abuelo a veces me recogía y me llevaba a tomar el té con él y la abuela."

Luego Jonathan Thomas Henry explicó: "Mi abuelo murió hace un año o dos. Lo extraño. Extraño sus historias. Extraño que me muestre cosas. Echo de menos los secretos."

Cuando terminó de hablar, Jonathan Thomas Henry había pintado un hermoso cuadro de su abuelo.

Ondulado no estaba realmente convencido de lo bueno que era visitar al Abuelo.

Serpenteante también contó una historia sobre su abuelo.

Serpenteante comenzó a contar su historia, "Mi abuela hacía las mejores galletas. Y cada día a las cuatro, la abuela guardaba dos galletas para el abuelo. Cuando iba a visitarlos, la abuela guardaba dos galletas para mí y dos para el abuelo. Cada día a las cuatro, nos deteníamos a comer galletas y leche."

Ondulado comenzó a pensar que esto no suena como sus abuelos en absoluto. Esto es muy extraño. A Jonathan Thomas Henry y Serpenteante les gustaban sus abuelos.

Jonathan Thomas Henry le sugirió a Ondulado: "Ve a hablar con tu abuelo. Averigua por qué le gusta el té de manzanilla. Mejor aún, ¿por qué no tomar un té de manzanilla con él?"

El siguiente fin de semana, Ondulado fue a visitar a sus abuelos. Ondulado habló con su abuelo.

Ondulado tomó el té con su abuelo.

El lunes en la escuela durante el recreo, Ondulado tenía todo tipo de historias sobre su abuelo para contarles a Serpenteante y Jonathan Thomas Henry.

Con gran emoción , dijo Ondulado, "Mi abuelo era ingeniero.

Tomamos té. Ahora me gusta el té de manzanilla."

Ondulado les contó a sus amigos todo tipo de cosas que aprendió de su abuelo.

erpenteante, Ondulado y Jonathan Thomas Henry siempre tuvieron las mejores historias para contar sobre sus abuelos y les encantaba el té y las galletas.

El Fin

Monstruos bajo la Cama

P. Kevin Remington
Mayo de 2020

Me gustaría contarte una historia sobre mis tres amigos, Serpenteante, Ondulado, y Jonathan Thomas Henry, y el monstruo bajo la cama.

Serpenteante, Ondulado y Jonathan Thomas Henry son tres mejores amigos. Eran tres gusanos que vivían detrás de mi cobertizo en el patio trasero.

Serpenteante y Ondulado eran gusanos, pero su amigo, Jonathan Thomas Henry, era un poco raro. Por ejemplo, le gustaba usar un sombrero fedora, y llevar una mochila. Ningún gusano, que yo sepa, lleva un sombrero y una mochila a excepción de Jonathan Thomas Henry.

Un día, Serpenteante, Ondulado y Jonathan Thomas Henry hablaban de los monstruos que viven debajo de la cama. Todos saben que los monstruos viven bajo la cama.

Serpenteante tenía una solución para protegerse de los monstruos bajo la cama. Sus padres le habían enseñado las palabras monstruosas que mantienen a los monstruos alejados. Esto funcionaba para Serpenteante. Cada vez que decía palabras monstruosas, mantenía a los monstruos lejos de su cama. De hecho, estas palabras funcionaron tanto para monstruos como para jirafas. Desde que Serpenteante había dicho las palabras monstruosas, nunca había visto una jirafa bajo su cama, pero no se arriesgaba y siempre tenía cuidado de decir las palabras.

Las palabras monstruosas de Serpenteante eran: «¡Booga! ¡Booga! ¡Booga!"

Ondulado también estaba muy preocupado por los monstruos bajo su cama. Sin embargo, los padres de Ondulado le habían dado el jugo de monstruo. Si rociaba un poco de jugo de monstruo debajo de su cama, los monstruos no podían vivir allí. Cada noche, después de acostar a Ondulado en la cama, rociaban un poco de jugo de monstruo debajo de la cama. No ha habido un solo monstruo debajo de su cama desde que rociaba el jugo del monstruo. El jugo del monstruo olía un poco a vinagre y manzana, pero estaba bien porque funciona.

Jonathan Thomas Henry tenía un problema. Sabía que había un monstruo debajo de su cama. Sabía que si no tenía cuidado de no salir de las mantas por la noche, el monstruo lo atraparía.

Jonathan Thomas Henry le contó a su padre sobre el monstruo debajo de su cama.

Su padre le dijo: "No existen los monstruos. Acuéstate."

Cada noche, el padre de Jonathan Thomas Henry le leía un cuento. Luego lo arropaba. Luego encendía la lamparita de Jonathan Thomas Henry, le daba un beso de buenas noches, se marchaba y cerraba la puerta.

Pero cada noche, después de que su padre salía de su dormitorio, Jonathan Thomas Henry metía la mano en su mochila y sacaba su palo extensible de Worm Scouts. Extendía el palo hasta donde podía, que tenía casi cinco centímetros de largo. Luego lo barría debajo de su cama para asegurarse de que no hubiera monstruos. Aún así, Jonathan Thomas Henry pensaba que había un monstruo debajo de su cama.

Serpenteante sugirió que Jonathan Thomas Henry probara con las palabras monstruosas. Después de todo, las palabras funcionan para Serpenteante, por lo que deberían funcionar para Jonathan Thomas Henry.

La noche siguiente, el padre de Jonathan Thomas Henry le leyó un cuento. Luego lo arropó. Luego encendió la lamparita de Jonathan Thomas Henry, le dio un beso de buenas noches, se fue y cerró la puerta.

Esta noche, antes de irse a dormir, Jonathan Thomas Henry pronunció las monstruosas palabras: "¡Booga! ¡Booga! ¡Booga!

Jonathan Thomas Henry no estaba seguro de si las palabras funcionaban. Aún así sacó su palito, lo barrió debajo de la cama y luego se fue a dormir.

Al día siguiente en la escuela, Ondulado dijo: "Puedo darte un poco de mi jugo de monstruo. Eso mantendrá alejado a tu monstruo".

La noche siguiente, el padre de Jonathan Thomas Henry le leyó un cuento. Luego lo arropó. Luego encendió la lamparita de Jonathan Thomas Henry, le dio un beso de buenas noches, se fue y cerró la puerta.

Esta noche, antes de irse a dormir, Jonathan Thomas Henry roció el jugo del monstruo debajo de la cama. Olía a vinagre y manzana, y todavía estaba seguro de que había un monstruo debajo de su cama. Aun así sacó su palito y lo barrió debajo de la cama y no sintió nada, así que se fue a dormir.

Al día siguiente en la escuela, Jonathan Thomas Henry les dijo a Serpenteante y Ondulado que nada funcionó. Estaba seguro de que todavía había un monstruo debajo de su cama.

Serpenteante dijo: "¿Por qué no miras debajo de la cama? Sólo para ver si realmente existe un monstruo".

Jonathan Thomas Henry se sorprendió y dijo: "¿Qué pasa si hay un monstruo? ¿Y si me come?"

Ondulado dijo: "Puede que sea amigable".

"¿De verdad?" dijo Jonathan Thomas Henry.

"¡De verdad!" dijeron Serpenteante y Ondulado juntos.

Esa noche, pensó Jonathan Thomas Henry, *voy a mirar debajo de la cama. Voy a ver si realmente hay un monstruo viviendo allí.*

Esa noche, el padre de Jonathan Thomas Henry le leyó un cuento. Luego lo arropó. Luego encendió la lamparita de Jonathan Thomas Henry, le dio un beso de buenas noches, se fue y cerró la puerta.

Esta noche, antes de irse a dormir, Jonathan Thomas Henry cogió su mochila. Y en lugar de sacar su palito de Worm Scout, sacó su linterna Worm Scout. Salió de la cama y miró debajo de la cama. No vio nada. Encendió su linterna y miró debajo de la cama. Todavía no vio nada. Entonces Jonathan Thomas Henry se metió debajo de la cama y allí, en el rincón trasero, donde siempre está oscuro, encendió su linterna y ¡allí estaba el monstruo!

¡Dios mío, Jonathan Thomas Henry estaba asustado!

Luego miró más de cerca. Luego miró aún más de cerca y vio

que el monstruo que tanto lo asustaba no era más que un grillo.

Jonathan Thomas Henry dijo: "¡Hola!"

El grillo dijo "¡Hola!"

Jonathan Thomas Henry sintió curiosidad ahora y preguntó: "¿Vives debajo de mi cama?"

El grillo respondió: "Sí, es una cama muy bonita".

"Mi nombre es Jonathan Thomas Henry, ¿cuál es el tuyo?" quiso saber Jonathan Tomás Henry.

"Larry", dijo el grillo.

"Tú eres Larry y vives debajo de mi cama", dijo Jonathan Thomas Henry.

"¿Hay más monstruos debajo de mi cama?"

"Oh, nunca he visto un monstruo debajo de la cama", dijo Larry, "solo yo".

Jonathan Thomas Henry todavía tenía curiosidad y preguntó: "¿Qué haces durante el día cuando voy a la escuela?"

Larry dijo: "Voy a la escuela de cricket".

Luego Jonathan Thomas Henry y Larry tuvieron una charla muy agradable. Parecía que Larry tenía un problema. No le gustaba la luz de la noche.

La noche siguiente, el padre de Jonathan Thomas Henry le leyó un cuento. Luego lo arropó. Luego encendió la lamparita, pero Jonathan Thomas Henry dijo que ya no la necesitaba.

Su padre preguntó: "Pero, ¿qué pasa con los monstruos?"

Jonathan Thomas Henry dijo: "No hay monstruos debajo de mi cama, solo un grillo llamado Larry".

El padre de Jonathan Thomas Henry le dio un beso de buenas noches, se fue, cerró la puerta y nunca volvió a encender la luz de noche.

Serpenteante, Ondulado y Jonathan Thomas Henry estuvieron de acuerdo en que no había monstruos debajo de sus camas.

El fin

La Gran Aventura de Acampar

P. Kevin Remington
Junio 2020

Me gustaría contarles una historia sobre mis tres amigos, Serpente-ante, Ondulado y Jonathan Thomas Henry. Son tres gusanos que viven detrás de mi cobertizo en el patio trasero.

Ahora bien, Serpenteante y Ondulado eran el tipo normal de gusanos, pero su amigo, Jonathan Thomas Henry, era un poquito extraño para ser un gusano. Por ejemplo, le gustaba usar un sombrero fedora, y llevar una pequeña mochila. Ningún gusano, que yo sepa, usa sombrero fedora y mochila, excepto Jonathan Thomas Henry.

Un día, Serpenteante, Ondulado y Jonathan Thomas Henry decidieron ir a acampar.

El padre de Jonathan Thomas Henry dijo que como solo son aún unos pequeños gusanos, podrían montar una tienda de campaña en el patio trasero de Jonathan Thomas Henry y acampar allí.

"¡Viva!" gritaron Serpenteante, Ondulado y Jonathan Thomas Henry. "¡Que buena idea!"

Esa noche, después de montar la tienda, los tres gusanos obtuvieron su equipo de campamento, sacos de dormir de Worm Scout y linternas de Worm Scout. Solo iban a ser Serpenteante, Ondulado, Jonathan Thomas Henry y Larry el grillo.

Larry es un grillo que vive debajo de la cama de Jonathan Thomas Henry. Jonathan Thomas Henry pensaba que Larry era un monstruo, pero no era más que un grillo. Los tres amigos pensaron que sería muy amable invitar a Larry a unirse a ellos a acampar. Larry tenía su propio saco de dormir para grillos.

Esa noche, mientras los niños se estaban acomodando, la madre de Jonathan Thomas Henry trajo bocadillos para acampar. Tenían pequeñas barras de chocolate, s'mores, gomitas y cuadritos de arroz crujiente.

Se estaba haciendo tarde y, mientras oscurecía, Jonathan Thomas Henry encendió su linterna de Worm Scout y todos se acomodaron en sus sacos de dormir. Una vez que todos estuvieron instalados, llegó el momento de contar historias. Cada viaje de campamento tiene un momento en el que cuentas historias, y este viaje de campamento no fue distinto.

Serpenteante contó la primera historia. Se trataba de ser capturado y llevado a lo alto de un árbol. Fue una gran historia de aventuras.

La siguiente historia contada fue la de Ondulado. Contó la historia de su abuelo y de cómo era ingeniero y todas las aventuras que tuvo.

Cuando le llegó el turno a Jonathan Thomas Henry de contar una historia, fue una historia muy aterradora. ¡Se trataba del gusano que se convirtió!

Larry, para no quedarse fuera, contó la historia del gran grillo blanco. El gran grillo blanco sólo sale de noche y sólo en noches muy tormentosas. Tienes que tener mucho cuidado de que el gran grillo blanco no te atrape a altas horas de la noche en medio de una tormenta.

Oh, fue la historia más aterradora.

Después de contar las historias, todos se acomodaron para dormir un poco. Fuera de la tienda se oía el viento soplar y aullar. Whooosh, whoosh. Fue sólo el viento.

Entonces las hojas empezaron a hacer un sonido cuando el viento las llevó entre los árboles. ¡Swooshy, swooshy! Pero eso eran sólo hojas, así que todos pensaron que todo estaba bien.

Jonathan Thomas Henry dijo: "No se preocupen. Todo está bien." Dejó su linterna encendida y Serpenteante, Ondulado y Larry también encendieron sus linternas.

Ahora los pájaros empezaron a hacer ruido fuera de su tienda. Oyeron el ulular de un búho y el chirrido de algunos pájaros pequeños.

Jonathan Thomas Henry dijo: "Son sólo pájaros. Todo está bien."

Todo iba bien, pero los niños no podían conciliar el sueño. Entonces empezó a llover. La lluvia golpeó y cayó sobre la tienda e hizo un ruido terrible.

De repente, hubo un fuerte trueno y un brillante relámpago que hizo que el interior de la tienda pareciera un día soleado por solo un momento. Luego la tienda volvió a estar iluminada únicamente por la luz sombría de las linternas.

Jonathan Thomas Henry dijo con su voz más valiente y temblorosa: "Todos estamos bien. Esto es sólo una tormenta y estamos a salvo aquí en la tienda".

Pronto pasó la tormenta. Finalmente todos se habían quedado dormidos.

Por la mañana, Serpenteante y Ondulado dormían profundamente en el suelo del dormitorio de Jonathan Thomas Henry. Jonathan Thomas Henry estaba cómodamente acurrucado en su cama. Y Larry estaba en su rincón debajo de la cama.

Ese fue el final de la gran aventura de campamento de Serpenteante, Ondulado, Jonathan Thomas Henry y Larry.

El fin

Serpenteante, Ondulado, Jonathan Thomas Henry y Orville

P. Kevin Remington
Agosto 2020

Me gustaría contarles una historia sobre mis tres amigos, Serpenteante, Ondulado y Jonathan Thomas Henry. Son tres gusanos que viven detrás de mi cobertizo en el patio trasero. Serpenteante, Ondulado y Jonathan Thomas Henry son tres mejores amigos.

Ahora bien, Serpenteante y Ondulado eran el tipo normal de gusanos, pero su amigo, Jonathan Thomas Henry, era un poquito diferente. Iba a la escuela con un sombrero fedora, y llevar una pequeña mochila. Jonathan Thomas Henry no hacía cosas comunes y corrientes. Ningún gusano, que yo sepa, usa sombrero fedora y mochila, excepto Jonathan Thomas Henry. Serpenteante , Ondulado y Jonathan Thomas Henry son los mejores amigos.

Déjame contarte la historia de Serpenteante, Ondulado, Jonathan Thomas Henry y Orville.

Jonathan Thomas Henry era un Worm Scout. Serpenteante y Ondulado también eran Worm Scouts, y los tres asistían a las reuniones de Worm Scout todos los lunes. Todos los lunes, el padre de Serpenteante recogía los tres gusanos y los llevaba a Worm Scouts.

Jonathan Thomas Henry vivía calle abajo, a la vuelta de la esquina. Todos los lunes por la tarde iba corriendo a la esquina donde lo recogían. No quería llegar tarde y hacerlos esperar, así que salía corriendo temprano y se sentaba encima del buzón de la esquina. Jonathan Thomas Henry simplemente se sentaba allí esperando a que el padre de Serpenteante viniera a recogerlo.

Mientras Jonathan Thomas Henry se sentaba en el buzón, el sol se ponía y las estrellas empezaban a brillar. Jonathan Thomas Henry vería la primera y más brillante estrella del cielo.

Jonathan Thomas Henry se decía a sí mismo: "Allí está mi amigo brillando intensamente en el cielo".

Después de un tiempo, Jonathan Thomas Henry pensó que su amigo, en el cielo, debería tener un nombre. Estaba bastante seguro de que la estrella tenía un nombre, pero Jonathan Thomas Henry no lo sabía, así que lo llamó Orville.

Esta semana, cuando Serpenteante, Ondulado y Jonathan Thomas Henry estuvieron en la reunión de Worm Scout, había un caballero allí para contarles todo sobre las estrellas, las constelaciones y sus nombres propios.

Aprendieron sobre la Osa Mayor. La Osa Mayor tenía muchos nombres. También se le llamaba la Carreta de Carlos. Eso les pareció muy extraño a los tres muchachos, pero parece que era alemán y un tipo llamado Carlos tenía una carreta. También se le llamaba Carro, Arado, y todo dependía de dónde vivías y del nombre que se usara.

Las personas que vivían en Europa, América del Norte, China y Rusia vieron las mismas estrellas y constelaciones, y todas las llamaron con nombres diferentes.

Serpenteante, Ondulado y Jonathan Thomas Henry estaban aprendiendo sobre la Osa Mayor, la Osa Menor, Orión y Casiopea, que solía ser una reina pero ahora parece una *W* en el cielo.

Jonathan Thomas Henry estaba prestando mucha atención a todo lo que el caballero le decía sobre las estrellas en el cielo. Jonathan Thomas Henry pensó que este hombre podría saber el nombre de la estrella brillante en el cielo a la que llamó Orville.

Después de que Jonathan Thomas Henry le preguntara al caballero, él respondió: "Oh, esa podría ser la Estrella Polar, que también se llama Polaris. O podría ser simplemente un planeta. Venus es muy brillante en el cielo del atardecer, refleja la luz del sol y parece una estrella".

Jonathan Thomas Henry pensó en lo que había dicho el caballero. No le gustó la respuesta. Jonathan Thomas Henry pensó que todos los lunes por la noche se sentaba en el buzón esperando que lo recogiera el padre de Serpenteante. Y todos los lunes por la noche mientras esperaba, su amiga estrella aparecía en el cielo y esperaba con él. No, sería de mala educación llamarlo simplemente Estrella Polar o Venus. No, su nombre era Orville y era amigo de Jonathan Thomas Henry.

Jonathan Thomas Henry conversó con Serpenteante y Ondulado. Hablaron y hablaron y decidieron que como la Osa Mayor puede tener muchos nombres y la Osa Menor puede tener muchos nombres y Casiopea puede ser la Dama en una silla o una W, la primera luz brillante en el cielo un lunes por la noche puede tener el nombre Orville.

A partir de ese momento, cada vez que llegaba la tarde y el crepúsculo se asentaba, Jonathan Thomas Henry, Serpenteante y Ondulado buscaban la luz brillante y decían: "Hola, Orville".

Todas las demás estrellas saldrían, brillantes y centelleantes, pero sabían que Orville era su amigo.

Jonathan Thomas Henry tenía un problema más: la luna, Júpiter, Saturno, Marte, Neptuno y Urano tenían un montón de lunas y todas tenían nombres. ¿Por qué la única luna alrededor de la Tierra no tenía nombre? Pero esa es una historia para otro momento.

El fin

El cumpleaños de Ondulado

P. Kevin Remington
Mayo 2020

Me gustaría contarles una historia sobre mis tres amigos, Serpenteante, Ondulado y Jonathan Thomas Henry. Son tres gusanos que viven detrás de mi cobertizo en el patio trasero. Serpenteante, Ondulado y Jonathan Thomas Henry son tres mejores amigos.

Ahora bien, Serpenteante y Ondulado eran el tipo normal de gusanos, pero su amigo, Jonathan Thomas Henry, era un poquito extraño para ser un gusano. Por ejemplo, le gustaba usar un sombrero fedora, y llevar una pequeña mochila. Ningún gusano, que yo sepa, usa sombrero fedora y mochila, excepto Jonathan Thomas Henry.

Hoy iba a ser un gran día. Hoy era el cumpleaños de Ondulado.

Ondulado saltó de la cama. Bajó corriendo las escaleras hasta la mesa del desayuno. Se sentó allí con una gran sonrisa en el rostro y no pasó nada. Su madre tenía listo su desayuno de larvas tostadas. A los gusanos les gustan mucho las larvas tostadas. Su padre dijo buenos días. Nadie le deseó un feliz cumpleaños ni le dio una palmada en la espalda ni nada por el estilo.

Quizás simplemente lo olvidaron, pensó Ondulado. *Lo recordarían y harían algo más tarde.*

Entonces Ondulado fue a la escuela. Bajó la calle y pasó por la casa del señor Stone. El señor Stone estaba trabajando en su jardín y todo lo que se podía ver era su espalda. El Sr. Stone siempre trabajaba en su jardín, pero todos los días le sonreía a Ondulado, lo saludaba y le decía "Hola". Hoy, todo lo que se podía ver era la espalda del Sr. Stone. No saludó ni sonrió ni nada. Ondulado pensó que eso era muy extraño.

Ondulado continuó su camino a la escuela y se encontró con sus amigos, Serpenteante y Jonathan Thomas Henry.

Otra cosa extraña sucedió. En los cumpleaños, Jonathan Thomas Henry siempre se quita el sombrero ante la persona que cumple años. Hoy, Jonathan Thomas Henry no se quitó el sombrero ante Ondulado. Simplemente se dirigieron a la escuela. Ondulado pensó que tal vez simplemente lo había olvidado y lo haría más tarde.

Cuando los tres amigos llegaron a la escuela, todos estaban jugando en el patio. Estaban jugando al juego favorito de Ondulado, Convierte al Gusano. Ondulado es muy bueno en Convierte al Gusano. Cuando sonó el timbre para ir a clase, todos entraron, pero nadie le había deseado un feliz cumpleaños a Ondulado. Estaba seguro de que todos sabían que era el cumpleaños de Ondulado, pero todavía no le habían felicitado.

La señora Grub, la maestra, empezó a enseñar. Mientras enseñaba, Ondulado pensó que esto era extraño. Generalmente, cuando es el cumpleaños de alguien, la Sra. Grub hace que toda la clase le cante "Feliz cumpleaños" a esa persona. Nadie le cantaba el feliz cumpleaños a Ondulado y él estaba empezando a ponerse un poco triste.

Cuando llegó el almuerzo, Ondulado estaba un poco más feliz. Sabía que recordarían su cumpleaños en el almuerzo. Jonathan Thomas Henry siempre llevaba en su mochila una sorpresa para la persona que cumple años. Cuando fue el cumpleaños de Susie, Jonathan Thomas Henry le regaló una comida especiada. Cuando fue el cumpleaños de John, le regaló un pedacito de manzana en rodajas que estaba muy rica.

El almuerzo iba y venía. Jonathan Thomas Henry no le dio nada a Ondulado.

Ondulado estaba empezando a ponerse triste. Nadie le deseó un feliz cumpleaños. Nadie se quitó el sombrero ante él. Nadie le dio nada especial. Nadie se acordó de su cumpleaños.

Después de la escuela, los tres amigos caminaron por la calle como lo hacían todos los días.

Serpenteante y Jonathan Thomas Henry luego dijeron "¡Adiós!" y se fueron. Ni siquiera se quedaron a jugar.

Ondulado pensó que eso era muy extraño, así que se fue solo a casa.

Cuando Ondulado llegó a casa, no había nadie allí. Solo había una nota que decía: "La cena está en el horno, pizza con gusanos". Ondulado se comió un trozo de pizza con gusanos. Se sentó e hizo su tarea. Cuando Ondulado estaba a punto de irse a la cama, escuchó un ruido en el patio trasero. Fue a ver qué hacía el sonido. No había nadie en casa, por lo que no debería haber ruido en el patio trasero.

Ondulado miró por la casa y no había nadie. Cuando miró hacia el patio trasero, escuchó un fuerte "¡Sorpresa!" Ahí estaban todos.

Estaban Serpenteante y Jonathan Thomas Henry. El señor Stone y la señora Grub estaban allí. Mamá y Papá estaban allí. Había un gran cartel que decía "¡Feliz cumpleaños Ondulado!" por todo el patio trasero. Todos se habían unido para hacer de este el cumpleaños sorpresa más grande de la historia.

Ondulado estaba muy feliz.

Entonces Ondulado vio que allí, en medio del patio trasero, esperándolo, había un pastel de cumpleaños gigante. Tenía tres capas de alto y tenía una vela en la parte superior para que la apagara.

¡Este fue el mejor cumpleaños que Ondulado había tenido jamás y la mejor sorpresa!

El fin

Slime de navidad

P. Kevin Remington
Mayo 2020

Me gustaría contarles una historia sobre mis tres amigos, Serpenteante, Ondulado y Jonathan Thomas Henry. Son tres gusanos que viven detrás de mi cobertizo en el patio trasero. Serpenteante, Ondulado y Jonathan Thomas Henry son tres mejores amigos.

Ahora bien, Serpenteante y Ondulado eran el tipo normal de gusanos, pero su amigo, Jonathan Thomas Henry, era un poquito extraño para ser un gusano. Por ejemplo, le gustaba usar un sombrero fedora, y llevar una pequeña mochila. Ningún gusano, que yo sepa, usa sombrero fedora y mochila, excepto Jonathan Thomas Henry.

A Jonathan Thomas Henry le encantaba la Navidad. Amaba tanto la Navidad que incluso cambiaba su sombrero de fedora por un tocado. Era un bonito tocado navideño rojo con un ribete blanco y una borla blanca en la parte superior.

A Ondulado le encantaba cantar en el coro navideño. Ondulado tenia una voz hermosa. De hecho, cantaba donde quiera que fuera. Su villancico favorito era "Keep Warm, Under the Compost Heap". Cada vez que veias a Ondulado durante la temporada navideña, podrías estar seguro de que estaría cantando "¡Keep Warm, Under the Compost Heap!" una y otra vez. Jonathan Thomas Henry y Serpenteante le rogaban a Ondulado que cantara un villancico diferente, pero ese era el que a Ondulado le gustaba cantar.

A Serpenteante le encantaba la Navidad sobre todo. Le encantaba todo lo relacionado con la Navidad, la música, las campanas, las luces por toda la ciudad y todas las puertas brillando con brillo navideño. Serpenteante escribió una carta a Santa, el gusano Kris, para saber qué le iba a regalar en Navidad este año. Y Serpenteante escribió una carta para decirle a el gusano Kris dónde vivía para que no lo olvidara. Y Serpenteante escribió una carta para decirle a el gusano Kris dónde vivían Ondulado y Jonathan Thomas Henry para que no los olvidara. Y Serpenteante escribió una carta para decirle a el gusano Kris que pondría las mejores manzanas justo en la puerta para que las encontrara en Nochebuena.

Ahora mis tres amigos van a la escuela todos los días, pero un día, poco antes de Navidad, Serpenteante estaba muy triste. Habló con Ondulado y Jonathan Thomas Henry durante el recreo y les dijo: "Mi papá consiguió un nuevo trabajo en la pila de abono. Tenemos que movernos. Tendré que ir a una nueva escuela. No podré jugar en el centro comercial ni en el cerro de tierra. Falta solo una semana para Navidad y Santa no sabrá dónde vivo. No tengo tiempo para escribir una carta para decirle a el gusano Kris adónde se mudó mi familia. Este año no voy a recibir ningún slime navideño".

Jonathan Thomas Henry y Ondulado estaban realmente preocupados por esto. A Serpenteante realmente le encantaba la Navidad y parecía muy injusto.

Todos se fueron a casa ese día.

Jonathan Thomas Henry llamó a Ondulado. Hablaban y hablaban y no sabían qué hacer. Querían hacer algo por Serpenteante.

Al día siguiente en la escuela, Serpenteante estaba mucho más feliz y dijo: "Oigan chicos, no tengo que ir a una escuela nueva. Mi papá simplemente nos mudó calle abajo dos cuadras para estar más cerca de la pila de abono y yo todavía puedo ir a la misma escuela".

Entonces Serpenteante empezó a ponerse un poco más triste cuando dijo: "Pero el gusano Kris no podrá encontrarme este año. No tendré tiempo de decirle adónde nos mudamos. ¡Pero que paséis una buena Navidad!

Navidad era el lunes y Jonathan Thomas Henry y Ondulado estaba muy tristes por Serpenteante.

El fin de semana antes de Navidad en la nueva casa de Serpenteante, estaban desempaquetando todas las cajas. Estaban desempacando todas las maletas. Simplemente no había ningún resplandor navideño alrededor de la puerta. No había luces navideñas por ningún lado. Simplemente parecía que no había tiempo para Navidad.

El día de Navidad llegó como cada año. Cuando la luz empezaba a iluminar el día, Serpenteante pudo ver la luz deslizándose por la ventana de su dormitorio y había destellos.

¿Destellos?

Eso fue muy extraño. A medida que el sol brillaba más y llenaba la habitación de Serpenteante, toda la habitación estaba brillando con slime navideño. Había slime navideño en el techo. Había slime navideño en el suelo. Había slime navideño por todas las paredes. Había slime navideño en su cama. Había slime navideño por todas partes.

"Mamá, Papá, ¡el gusano Kris llegó hasta aquí! ¡Me dio slime navideño! gritó Serpenteante mientras saltaba de la cama y corría hacia la cocina.

Cuando Serpenteante llegó a la cocina, notó que no había slime navideño en la cocina. De hecho, no había slime navideño en ninguna parte de la casa, solo su habitación. Eso fue increíble.

Serpenteante tuvo una Navidad increíble.

Esa misma mañana de Navidad, cuando Jonathan Thomas Henry y Ondulado se despertaron, el sol se coló en sus dormitorios. A través de las ventanas brillaba la brillante luz de la mañana, pero no había ningún destello. No había slime navideño en ninguno de sus dormitorios. Había slime navideño por todas partes del resto de sus casas, pero no había ninguna en sus dormitorios.

En Nochebuena, Jonathan Thomas Henry y Ondulado hicieron que sus mamás y papás trasladaran su slime navideño de sus dormitorios al dormitorio de Serpenteante.

Todos tuvieron una muy Feliz Navidad.

El fin

Joe Cuervo

P. Kevin Remington
Abril 2020

Había una vez un niño llamado Kyle que iba caminando a la escuela todos los días. Caminaba una cuadra calle abajo y luego se iba dos cuadras hasta el semáforo, luego una cuadra más hasta el colegio.

Todos los días, Kyle salía de su casa y caminaba esa cuadra calle abajo, y todos los días veía un gran cuervo sentado en el estandarte de la luz.

Todos los días, Kyle veía el gran cuervo y decía: "¡Buenos días!" Luego se iría caminando a la escuela. Cuando caminaba, murmuraba para sí mismo porque a Kyle no le gustaba la escuela.

Todos los días, Kyle murmuraba: "No me gusta la escuela. La escuela no es divertida. Quiero jugar. ¡La escuela es para los pájaros!"

Una mañana, cuando Kyle salió de su casa y caminó por la primera cuadra, vio el gran cuervo.

Kyle dijo: "¡Buenos días!"

Esa mañana sucedió algo diferente.

El cuervo respondió y dijo: "¿Por qué dices que la escuela es para los pájaros? Soy un pájaro. Quizás debería ir a la escuela y ver".

Kyle se sorprendió. Nunca antes le había hablado ningún pájaro, y el cuervo grande le habló a él. Kyle pensó en lo que había dicho el cuervo y pensó que sería una buena idea.

El gran cuervo voló junto a Kyle, pero Kyle dijo: "No puedo llevarte simplemente a la escuela. Eres un pájaro y no los dejan entrar sin más a la escuela".

Kyle tuvo una idea. Tenía su ropa de gimnasia en su mochila, sacó una camiseta extra y se la puso sobre el cuervo. Encaja perfectamente. Luego Kyle le puso su gorra al cuervo. Encaja perfectamente también. Luego Kyle sacó sus zapatillas de deporte de su mochila y se las puso al cuervo. No le cabían en absoluto, así que las volvió a guardar en su mochila.

Como el cuervo estaba vestido para ir a la escuela y Kyle tenía todo lo demás en su mochila, los dos se fueron caminando a la escuela.

Entonces el cuervo preguntó: "¿Qué va a pasar en la escuela? ¿Qué te enseñan?"

Kyle respondió que enseñan todo tipo de cosas, como aritmética, ortografía, geografía y todo tipo de cosas que creen que los niños deberían saber.

Cuando llegaron al salón de clases de Kyle, la maestra preguntó: "¿Quién está contigo, Kyle?".

Kyle respondió: "Este es mi primo que está de visita".

La maestra les dijo que se sentaran al final de la clase hoy. Después de que Kyle y el cuervo se sentaron, la maestra pasó lista. Gritó el nombre de todos y, cuando llegó a Kyle, le pidió que le presentara a su primo a la clase.

Kyle tuvo que pensar rápido y dijo: "Este es Joe Cuervo. Es primo y muy buen amigo mío. Sólo está de visita". Kyle continuó explicando.

"Bienvenido a la clase", dijo la maestra.

Entonces empezó la clase. Comenzaron con la ortografía y aprendieron a deletrear palabras, como autobús, tren y otros vehículos que se movían sobre ruedas. Luego la clase empezó a aprender sobre aritmética.

Aprendieron que 1+1 = 2. Aprendieron que 2+2 = 4. Aprendieron que cuando divides 9 entre 3, obtienes 3.

El cuervo estaba reflexionando sobre todas estas cosas que estaban aprendiendo. Pensó para sí mismo: *Esto es muy extraño. He vivido mucho tiempo y nunca tuve que saber que 1+1 = 2.* El cuervo empezaba a desconcertarse.

La siguiente materia iba a ser estudios sociales. Iban a aprender sobre aviones y volar, pero primero era hora del recreo.

Bueno, todos los niños salieron a jugar y Kyle y Joe también fueron a jugar. Se subieron a los columpios. Corrieron. Jugaron balón prisionero. Joe era muy bueno jugando al balón prisionero porque no lo golpearon ni una sola vez. Luego terminó el recreo y todos los niños regresaron a clase, y Kyle y Joe fueron con ellos.

Después de sentarse, Joe pensó que el recreo era bastante bueno para la escuela, pero no estaba seguro de las otras cosas.

Cuando empezaron los estudios sociales, la maestra empezó a hablar de aviones y alas grandes.

Joe estaba muy interesado porque era un cuervo y tenía alas.

Luego la maestra habló sobre los motores y cómo los motores impulsaban el avión hacia adelante.

Joe era un cuervo y no tenía motor, simplemente saltaba hacia adelante y batía sus alas.

Luego, la maestra habló de que la elevación más el empuje son iguales a la resistencia, y Joe estaba muy confundido. Joe no sabía de qué estaban hablando. La maestra pasó a explicar los aviones grandes, los aviones pequeños y los aviones que simplemente se deslizaban en el aire.

Finalmente, Joe tuvo suficiente. Saltó sobre el escritorio y dijo: "*Squawk!*"

La maestra saltó sobre su escritorio y dijo: "¡Ay! ¿Qué fue eso?"

Y Joe dijo "*Squawk!*" de nuevo.

La maestra miró a Joe y dijo: "¡Ese no es un niño, es un cuervo!"

Joe, el cuervo, dijo: "Así no es como se vuela. Extiendes tus alas y saltas y agitas tus alas. Si quieres girar, bate tus alas de esta manera. Si quieres girar en esa dirección, bate tus alas en esa dirección. Y si quieres aterrizar, simplemente mueves las plumas suavemente".

Toda la clase quedó estupefacta y la maestra no supo qué decir.

Joe Cuervo se quitó la gorra y la camiseta, extendió las alas, saltó, aleteó y voló por la ventana.

A partir de ese día, Kyle saldría de su casa por la mañana para caminar hasta la escuela. Caminaba una cuadra y veía el gran cuervo en el estandarte de la lámpara.

Kyle siempre decía: "¡Buenos días!"

Sólo que ahora el cuervo siempre respondía: "La escuela no es para los pájaros. Es para niños pequeños como tú. ¡Anda!"

Y todos los días, Kyle iba a la escuela.

El fin

El Mago Más Grande del Mundo

P. Kevin Remington
Abril 2020

Kevin era el mago más grande del mundo. De hecho, Kevin era el mago más magnífico del mundo. Kevin era tan bueno que nunca habría nadie mejor que él en todo el mundo.

Kevin tenía sólo ocho años.

¿Sabes cómo Kevin supo que era el mago más grande del mundo? Nació de padres que eran fantásticos con la magia.

La madre de Kevin era una bruja del tiempo. Su madre podría hacer que llueva cuando los agricultores necesitaban lluvia para sus cultivos. Cuando había una fuerte tormenta, su madre podía hacerla salir al mar donde no había barcos, y todo lo que pasaba era una agradable lluvia sobre el pueblo.

El padre de Kevin era un mago muy importante. Su padre podía convocar demonios para que le ayudaran a realizar grandes construcciones. Los demonios ayudarían a construir grandes edificios, presas y puentes enormes. Los demonios harían el trabajo que fuera demasiado peligroso para la gente.

Gracias a sus maravillosos padres, Kevin sabía que iba a ser un mago fantástico y el mejor mago del mundo entero. No iba a ser como el padre de su amigo Erik. El padre de Erik era uno de esos magos de teatro que hacían desaparecer cosas, cortaban a las mujeres por la mitad y todo ese tipo de cosas. ¡No, Kevin iba a ser genial! Igual que su padre.

Como Kevin iba a ser un gran mago, pensó que debía practicar. Kevin pensó que debería empezar con algo sencillo. El padre de Erik hizo desaparecer cosas, así que no puede ser tan difícil. Kevin decidió que haría desaparecer las cosas.

Kevin había visto a su padre hacer desaparecer cosas y había visto al padre de Erik hacer desaparecer cosas. Entonces Kevin juntó todas las cosas y lo instaló todo perfectamente en su dormitorio. Sabía todas las palabras correctas. Kevin estaba dispuesto a hacer desaparecer las cosas.

Kevin colocó su perro de peluche en medio del suelo. Kevin colocó las cosas adecuadas alrededor del perro de peluche. Kevin agitó sus manos sobre el perro de peluche. Kevin dijo las palabras mágicas… y no pasó nada.

Algo debió haber ido mal, así que Kevin lo hizo todo de nuevo… y no pasó nada. Kevin decidió que tal vez no funcione con perros de peluche. Kevin tomó el gato de la familia, lo colocó justo en el medio del piso y lo hizo todo de nuevo. Todavía no pasó nada. De hecho, Kevin lo intentó tres veces y aun así no pasó nada.

Obviamente, Kevin estaba haciendo algo mal. Decidió que tendrá que vigilar más atentamente a su padre. Cuando Kevin estaba a punto de salir de su habitación, notó que faltaba el pomo de la puerta de su armario. Le pareció muy extraño porque no recordaba que su madre o su padre hubieran quitado el pomo de la puerta de su armario. Cuando Kevin alcanzó la puerta de este dormitorio, notó que también faltaba el pomo de la puerta de su dormitorio. Pensó que esto era muy extraño.

Kevin miró alrededor de la casa y no pudo encontrar los pomos de las puertas por ningún lado. ¡Había hecho desaparecer los pomos de las puertas! No podía hacer desaparecer al perro de peluche ni al gato de la familia, pero sí podía hacer desaparecer los pomos de las puertas. ¡Esto es genial! Debería poder hacer desaparecer otras cosas.

Kevin colocó sus libros escolares en medio de su dormitorio. Hizo todo lo correcto para hacerlo desaparecer y, he aquí, no pasó nada. Bueno, casi no pasó nada. El pomo de la puerta principal y de la puerta trasera habían desaparecido.

Kevin buscó por todas partes los pomos de las puertas que faltaban. Sabía que su madre y su padre se enojarían si descubrían que faltaban todos los pomos de las puertas. Kevin miró y miró.

Cuando el padre de Kevin llegó a casa, notó que faltaban los pomos de las puertas. Sabía exactamente lo que Kevin había hecho.

Su padre dijo: "No pueden haber llegado muy lejos, así que vayamos a ver dónde terminaron".

No fue hasta más tarde ese mismo día cuando descubrieron que todos los pomos de las puertas estaban en el fondo del pozo de su patio trasero. El padre de Kevin sacó todos los pomos de las puertas del pozo y los volvió a colocar en todas las puertas. Luego tuvo una charla con Kevin.

"No deberías jugar con magia", empezó el padre de Kevin. "No tienes edad suficiente para trabajar con magia, por lo que debes dejar de hacer magia hasta que seas mayor".

Kevin tenía ocho años y pensaba que tenía edad suficiente para hacer magia.

Al día siguiente, Kevin decidió probar algo diferente. Ahora que sabe cómo hacer desaparecer algo, hará algo distinto. Simplemente no sabía qué hacer. Sabía que tenía deberes escolares que hacer, pero eso no parecía nada divertido. De hecho, Kevin tenía tarea de matemáticas, y la tarea de matemáticas es difícil. Kevin pensó que, dado que su padre llamaba demonios para que hicieran el duro trabajo de construcción para las personas, Kevin llamaría a un demonio para que hiciera su difícil tarea de matemáticas. Entonces sería perfecto en la escuela.

Kevin preparó todo y lo instaló como su padre. Kevin dijo las palabras mágicas. Kevin agitó las manos, como su padre, y *¡puf!* Había un demonio. De hecho, era un demonio aritmético.

Kevin no sabía mucho sobre los demonios aritméticos, pero éste sólo sabía sumar. Kevin tendría que llamar a un demonio para que hiciera la resta. Tendría que llamar un demonio para hacer la división. Tendría que llamar a un demonio para que hiciera la multiplicación. Pronto, toda su habitación estuvo llena de demonios, pero su tarea ya estaba hecha.

Los demonios siguieron trabajando e hicieron su tarea de matemáticas para la noche siguiente y la noche siguiente y la noche siguiente. De hecho, los demonios hicieron todos los deberes del libro y Kevin no sabía cómo detenerlos o deshacerse de ellos. El problema era que Kevin había visto a su padre llamar demonios, pero nunca vio cómo su padre se deshacía de los demonios.

Kevin tomó todas sus cosas mágicas, dijo las palabras y agitó las manos, y nada funcionó. Los demonios siguieron haciendo aritmética. Pronto estarían listos para hacer la tarea de matemáticas del próximo año.

A Kevin finalmente se le ocurrió una idea brillante. No podía hacer desaparecer a los demonios, pero sí podía hacer desaparecer los pomos de las puertas. Kevin volvió a configurar todas sus cosas mágicas. Luego, justo antes de decir las palabras y agitar las manos, ató una cuerda desde el pomo de la puerta de su armario al demonio. Entonces *puf*, el pomo de la puerta desapareció y el demonio desapareció.

Esta fue una gran solución. Kevin ató a cada demonio al pomo de una puerta y los hizo desaparecer a todos.

Desafortunadamente, Kevin había hecho desaparecer el pomo de la puerta de su armario. Hizo desaparecer el pomo de la puerta de su dormitorio. Hizo desaparecer los pomos de las puertas delantera y trasera. Incluso hizo desaparecer el pomo de la puerta del dormitorio de sus padres. No tenía un demonio para eso, pero se estaba divirtiendo haciendo desaparecer cosas.

Ahora Kevin estaba feliz. Los demonios se habían ido. Su tarea de matemáticas estaba hecha. De hecho, ya había hecho todas sus tareas de matemáticas del año. Kevin decidió que simplemente miraría un poco de televisión hasta que sus padres regresaran a casa.

Cuando los padres de Kevin llegaron a casa, notaron que nuevamente faltaban todos los pomos de las puertas. Estaban muy molestos.

Dijeron: "Kevin, ¿qué hiciste?"

Dijo: "Nada. Acabo de hacer mi tarea".

El padre de Kevin preguntó: "¿Por qué faltan los pomos de las puertas?"

Kevin respondió que consiguió demonios para que lo ayudaran con su tarea de aritmética. Luego explicó que no sabía cómo deshacerse de los demonios, así que los ató a los pomos de las puertas e hizo que los pomos desaparecieran y los demonios luego con ellos.

El padre de Kevin gritó: "¡Ay! ¿Enviaste todos esos pomos de las puertas al fondo del pozo con demonios?"

Todos corrieron hacia el patio trasero hacia el pozo y, efectivamente, allí, en el fondo del pozo, estaban todos los pomos de las puertas, y atado a cada pomo había un demonio.

El padre de Kevin hizo su magia e hizo desaparecer a todos los demonios. Luego volvió a poner todos los pomos de todas las puertas. Luego, la madre y el padre de Kevin obligaron a Kevin a hacer él mismo toda la tarea de matemáticas.

De hecho, obligaron a Kevin a hacer todos sus deberes él mismo y no pudo mirar televisión durante toda una semana.

Kevin nunca volvió a hacer desaparecer ningún pomo de puerta.

El fin

Linda y los Animales Peligrosos

P. Kevin Remington
Julio 2020

Linda vivía con su madre y su padre en el Parque Nacional Terra Nova en Terranova/Labrador. El padre de Linda trabajaba para el parque y, como tal, vivían en lo profundo del parque. Vivían a 114 kilómetros de cualquiera otra persona. Linda pasaba mucho tiempo en el bosque jugando sola. Sus padres siempre le advertían a Linda que tuviera mucho cuidado en el bosque porque había animales peligrosos y podría lastimarse.

Linda no sabía qué era un animal peligroso. En sus cómics, leyó sobre serpientes reinas y gatos gully, y se suponía que eran muy peligrosos.

Todos los días, Linda salía al bosque en busca de serpientes reinas y gatos gully.

Un día, mientras buscaba serpientes reinas y gatos gully, Linda descubrió que se había alejado demasiado de su casa. Estaba oscureciendo y ella no sabía el camino a casa. No encontró serpientes ni gatos, pero sí se topó con un alce.

El alce miró a Linda.

Linda miró al alce.

El alce lamió a Linda desde la barbilla hasta la parte superior de la cabeza, luego la levantó por el cuello de la chaqueta y la llevó a casa.

Al día siguiente, Linda fue a buscar serpientes reina y gatos gully otra vez. Linda pensó que si encontraba las serpientes y los gatos, podría enseñárselos a su madre y a su padre, y ellos sabrían que estaría a salvo.

Linda pasó todo el día mirando los barrancos, los arbustos y los árboles. Miraba hacia arriba y hacia abajo. Miraba aquí y allá. Miraba hacia todas partes pero no se daba cuenta de hacia dónde se dirigía.

Una vez más estaba oscureciendo y Linda estaba perdida. Otra vez se había alejado demasiado de casa. Mientras miraba alrededor de la curva, encontró un gran oso.

El oso miró a Linda.

Linda miró al oso.

Luego, el oso lamió a Linda desde el ombligo hasta la parte superior de la cabeza, luego la levantó por los pantalones y la llevó a casa.

Al día siguiente, Linda pensó en un plan para no perderse. Ella buscaría en círculos alrededor de su casa en busca de serpientes reinas y gatos gully. A medida que los círculos se hacían más y más grandes, Linda siempre sabría cómo regresar al centro del círculo.

Una vez más oscureció. Una vez más, Linda se perdió. Parece que cuando los círculos son muy grandes, no se puede encontrar el medio. Esta vez, sin embargo, no hubo ningún alce que la llevara a casa. No había ningún oso que la llevara a casa. Esta vez, giró hacia un árbol y había dos coyotes.

Los coyotes miraron a Linda.

Linda miró a los coyotes.

Luego, los coyotes lamieron a Linda por todas partes, la agarraron por los pies y la arrastraron a casa.

Al día siguiente, Linda se estaba preparando para salir a buscar nuevamente. Su padre la vio a punto de irse y le preguntó: "¿A dónde vas?"

Linda dijo: "Voy a buscar animales peligrosos. He buscado por todos lados y no he encontrado ni una sola Serpiente Reina o Gato Gully". Linda continuó: "De hecho, sigo perdiéndome cuando busco. Un día, un alce me trajo a casa. Al día siguiente, un oso me trajo a casa. Ayer dos coyotes me arrastraron a casa".

La madre y el padre de Linda dijeron: "¡Ay! ¡Linda, esos son animales peligrosos!

Linda respondió: "¡No, no lo son! Ellos son mis amigos."

El fin

La Princesa Stephanie y la Sopa de Guisantes

P. Kevin Remington
Agosto 2020

Érase una vez, no hace mucho tiempo, un reino. Como todos los reinos, tenía un castillo en lo alto de una colina, y abajo del castillo estaba el pueblo. Como todos los reinos, había una familia real formada por un rey, una reina, un príncipe y la princesa Stephanie. La familia real vivía en el castillo. La gente del reino vivía en el pueblo. Era un reino feliz.

Todos eran muy felices en este reino. En este reino, la gente tenía una comida especial. Era la especialidad de todo el reino. Todos sabían cómo preparar esta comida. Todos la hacían un poquito diferente para poder decir que la suya era la mejor. La especialidad del reino era la sopa de guisantes.

Al rey le encantaba la sopa de guisantes.

A la reina le encantaba la sopa de guisantes.

Al príncipe le encantaba la sopa de guisantes.

A la Princesa Stephanie, no tanto.

Déjame contarte sobre la Princesa Stephanie. La princesa Stephanie era una joven muy encantadora. Tiene una sonrisa muy bonita y un hermoso cabello largo y negro que le caía por la espalda. Le gustaba jugar con los niños del pueblo, y ellos saltaban la cuerda, saltaban rocas en el arroyo, trepaban a los árboles, pescaban e incluso luchaban. De hecho, a la princesa Stephanie le gustaba toda la gente del pueblo, y a toda la gente del pueblo le gustaba la princesa Stephanie. ¡Las únicas dos cosas que no le gustaban a la princesa Stephanie era usar ropa de princesa y la sopa de guisantes!

Debo explicar que la ropa de princesa tiende a estorbar. Si estás tratando de trepar a un árbol y no puedes levantar la pierna porque está enredada en un vestido de princesa grande y esponjoso, eso lo hace mucho más difícil. ¿Alguna vez has intentado saltar la cuerda con un gran vestido de princesa esponjoso? Tienes que meter el vestido debajo de los brazos o tropezarás con él. Si intentaba meterse en el arroyo mientras pescaba, ¡su gran y esponjoso vestido de princesa se empapaba y se arrugaba! Eso hacía que fuera muy difícil pescar.

No, a la princesa Stephanie no le gustaba usar ropa de princesa. La única vez en que el vestido de princesa esponjoso era bueno era cuando estaba luchando con los chicos. No podían rodear el vestido y ella los agarraba fácilmente. Aun así, la princesa Stephanie estaba muy feliz corriendo y jugando con los niños.

¿Me acordé de decirte que en este reino se hacía una magnifica de sopa de guisantes? Era la mejor de sopa de guisantes del mundo. Incluso era la comida nacional del reino. A todo el mundo en el reino le encantaba la sopa de guisantes.

A todos los aldeanos les encantaba la sopa.

Al rey le encantaba la sopa de guisantes.

A la reina le encantaba la sopa de guisantes.

Al príncipe le encantaba la sopa de guisantes.

A la Princesa Stephanie, no tanto.

Como esta era la comida del reino, todos esperaban que a todos les encantara la sopa de guisantes. Todo el mundo sabía que a toda la familia real le encantaba la sopa de guisantes, excepto a la princesa Stephanie, pero todos amaban a la princesa Stephanie de todos modos.

Un día, un zapatero y su familia se mudaron al pueblo. Acababan de mudarse al pueblo desde lo alto de la colina. Todo el mundo pronto descubrió que el zapatero fabricaba zapatos y botas maravillosas.

La princesa Stephanie necesitaba zapatos nuevos y había oído hablar del zapatero que hacía zapatos maravillosos. La princesa Stephanie fue a la casa del zapatero y llamó a la puerta.

"¡Toc! ¡Toc! ¡Toc!"

Cuando el zapatero abrió la puerta, la princesa Stephanie dijo: "Yo necesito unos zapatos nuevos, ¿puedes hacerme un par?"

El zapatero dijo: "Pasa", le midió el pie, hizo dibujos y dijo que los zapatos nuevos estarían listos el martes.

Mientras medían a la princesa Stephanie, se fijó en el hijo del zapatero. Era un chico muy guapo. La princesa Stephanie nunca lo había visto antes en el pueblo y pensó que debería hacerse amiga de él. Así lo hizo.

Salieron a caminar a las colinas.

Fueron a pescar al arroyo.

Recogieron bayas de saúco y fresas y pasaron una tarde maravillosa.

Esa noche, cuando la princesa Stephanie estaba a punto de regresar a su casa en el castillo, la esposa del zapatero la invitó a quedarse a cenar. La esposa del zapatero había oído que la sopa de guisantes era el plato del reino, y que a todo el mundo le encantaba la sopa de guisantes. La esposa del zapatero le preguntó a un vecino cómo hacer sopa de guisantes. Aprendió a hervir el agua a la perfección, a agregar los ingredientes, a revolver y a hervir a fuego lento y a preparar una excelente sopa de guisantes.

El zapatero y su familia no eran del pueblo. Se acababan de mudar al pueblo y nadie les había dicho que a la princesa Stephanie no le gusta la sopa de guisantes.

Cuando todos se sentaron a cenar, todos recibieron un gran plato de sopa de guisantes, incluida la princesa Stephanie porque era su invitada especial.

Cuando la princesa Stephanie vio la sopa de guisantes frente a ella, ¿sabes lo que hizo?

Se comió la sopa de guisantes. De hecho, se terminó todo el plato de sopa de guisantes.

Luego, la princesa Stephanie le dijo a la esposa del zapatero: "Esta es la mejor sopa de guisantes que he probado en mucho tiempo".

La Princesa Stephanie no mintió. La princesa Stephanie simplemente no había comido sopa de guisantes en años porque no le gusta la sopa de guisantes.

Cuando la esposa del zapatero le ofreció más sopa a la princesa Stephanie, ella dijo: "No, gracias. Ya he tenido suficiente" porque era una auténtica princesa y no quería insultar a la mujer del zapatero diciéndole que no le gustaba la sopa de guisantes.

Al día siguiente, la princesa Stephanie y el chico guapo volvieron a salir a jugar. Jugaron a la pelota con los otros niños. Corrían jugando a perseguir la rana. Pasaban un día lleno de diversión.

A la hora de cenar, la esposa del zapatero volvió a invitar a cenar a la princesa Stephanie.

La princesa Stephanie dijo vacilante: "Está bien, gracias".

Una vez más, cuando todos estuvieron sentados, la esposa del zapatero sirvió tazones de sopa de guisantes para todos. Una vez más, la princesa Stephanie se comió todo su plato de sopa de guisantes.

Cuando la esposa del zapatero le ofreció a la princesa Stephanie un poco más de sopa, la princesa Estefanía dijo: "No, gracias, estoy bastante llena". A la princesa Stephanie le enseñaron a ser educada y a comer lo que le pusieron delante aunque no le gustara.

Al día siguiente, mientras la princesa Stephanie y el chico guapo estaban jugando, ella le dijo que realmente no le gusta la sopa de guisantes.

"¡Qué!" gritó el niño. "La sopa de guisantes es el alimento nacional del reino y a todo el mundo le encanta la sopa de guisantes" farfulló el chico. "Lo sé", dijo la princesa Stephanie. "Mi padre, el rey, y mi madre, la reina, e incluso mi hermano, el príncipe, aman la sopa de guisante, pero yo no", explicó la princesa Stephanie.

"Dios mío, y eso es lo que mi mamá te ha estado dando de comer". suspiró el chico.

La princesa Stephanie trató de calmar al niño y le dijo: "Está bien, comeré la sopa de guisantes de tu mamá".

Al día siguiente, cuando la esposa del zapatero invitó a cenar a la princesa Stephanie, la princesa Stephanie estaba muy preocupada. No le gustaba la sopa de guisantes. No quería ser grosera y no ir a cenar. La princesa Stephanie pensó y pensó y al final decidió aceptar la invitación a cenar.

Cuando todos estuvieron sentados, se sirvió la comida delante de cada persona. Delante del zapatero había un plato de sopa de guisantes. Frente al niño se colocó un plato de sopa de guisantes. Frente a la princesa Stephanie se colocó un sándwich de mantequilla de maní y mermelada.

La princesa Stephanie se comió su sándwich de mantequilla de maní y mermelada y tenía una gran sonrisa en su rostro cuando dijo: "Gracias".

A partir de ese día, todos en el reino supieron que a la Princesa Stephanie no le gustaba la sopa de guisantes.

El fin

Gladys el Alce

P. Kevin Remington
Julio 2020

Erase una vez, Kyle, su familia y su perro fueron al Parque Algonquin para acampar.

Todos los años, Kyle, su familia y su perro iban al Parque Algonquin a acampar. Conducían hasta el lago y descargaban el equipo de camping y las canoas del coche. Luego cargaban todo el equipo de campamento en las canoas. Luego cruzaban el lago.

Remaban y remaban. Luego remaban y remaban un poco más. Era un lago muy grande y remaban junto a todos los campistas con cabañas y lanchas a motor. Cuando llegaban al otro lado del lago, descargaban todo su equipo y cruzaban el sendero hasta otro lago.

Ponían todo su equipo nuevamente en sus canoas y comenzaban a remar nuevamente a través de este lago. Remaban y remaban hasta pasar junto a las personas que acampaban con sillas de jardín. Cuando llegaban al otro lado del lago, descargaban todo su equipo y lo transportaban a través del sendero hasta otro lago.

Volvían a poner todo su equipo en sus canoas y comenzaban a remar de nuevo y remar y remar hasta que encontraban el campamento adecuado. Este año encontraron el campamento perfecto en un pequeño lago llamado Otter Slide. En este lago había una pequeña isla. En esta isla era el lugar perfecto para acampar.

Allí descargaron todo su equipo de campamento y acamparon. Montaron sus dos tiendas de campaña. Colgaron una hamaca. Hicieron una hoguera. Colgaron su comida en lo alto de un árbol para que los animales no pudieran alcanzarla. Cuando todo estuvo listo como a ellos les gustaba, se fueron a nadar.

Al día siguiente, la familia decidió ir a remar alrededor del lago para una excursión de un día y ver qué encontraban en la naturaleza. Todos subieron a las canoas para la excursión de un día, excepto Kyle.

Kyle estaba muy cansado y dijo: "Estoy muy cansado. Ayer remé más fuerte que nadie. Voy a recostarme en esta hamaca y tomar una siesta".

Y así lo hizo.

El resto de la familia se fue de excursión.

En el mismo lago, Otter Slide, vivía un alce llamado Gladys. A Gladys le gustaba Otter Slide porque sabía nadar en el agua. Ella comía las sabrosas hojas de los árboles y ladraba alrededor del lago. A Gladys le gustaba mucho dar un paseo por las aguas poco profundas junto a su isla favorita y luego cruzar la isla.

Ese día, cuando Gladys salió a caminar, cruzó por el agua poco profunda hasta su isla favorita, y mientras caminaba por la isla, vio dos tiendas de campaña. No sabía por qué había tiendas de campaña en su isla favorita, así que metió la nariz en las tiendas para ver qué había dentro. Eso era todo lo que podía caber en las tiendas porque eran demasiado pequeñas para un alce. Luego caminó un poco más y vio comida colgada en lo alto de un árbol. A Gladys eso le pareció muy extraño. Luego caminó por el campamento y vio zapatos, libros y una fogata preparada. Entonces Gladys se fijó en la hamaca.

Gladys nunca antes había visto una hamaca. Olió la hamaca. Ella notó que iba de un árbol a otro. En el medio parecía un poco grumoso, así que lo olió y lo golpeó con la nariz. Fue entonces cuando notó que dentro de la hamaca había un humano.

Allí estaba Kyle durmiendo. Gladys no sabía lo que era un Kyle durmiendo. Ella resopló un poco a los pies. Resopló en su ombligo. Resopló su cara. Entonces Gladys quiso saber si un Kyle sería sabroso, así que lo lamió desde la barbilla hasta la frente.

Entonces Kyle se despertó sobresaltado y dijo: "¡Ay! ¡Un alce!" Luego se desmayó.

Eso sorprendió a Gladys y dijo: "¡Ay!"

Luego, Gladys saltó, corrió alrededor del campamento, dio dos vueltas alrededor de las tiendas, saltó al agua y nadó hasta el otro lado del lago.

Cuando la familia y el perro de la familia regresaron de su excursión de un día, Kyle estaba muy emocionado y les dijo que un alce había llegado a su campamento. Y le había lamido la cara. Y…

"Sí, sí, sí", dijo la familia, sin creerle a Kyle.

La familia había visto un alce durante su viaje. Habían visto un alce de gran tamaño con una cornamenta llena. Estaba río abajo y era un animal magnífico, por lo que estaban seguros de que no habría ningún alce en su campamento.

Kyle intentó convencerlos, pero nadie le creyó.

Al día siguiente, todos se relajaron en el campamento. Fueron nadar. Comieron s´mores. Acabaron pasando un día muy tranquilo y relajante.

Al día siguiente, Gladys caminó por el agua. Caminó hasta su isla favorita. Vio el campamento y caminó alrededor del mismo. Gladys vio a Kyle. Ella le sonrió a Kyle. Kyle saludó a Gladys. Entonces Gladys saltó al agua, nadó hasta el otro lado del lago y desapareció.

Todos en el campamento estaban congelados. Estaban en shock con los ojos y la boca bien abiertos, y todos miraron a Kyle. Luego todos miraron hacia dónde se alejaba nadando el alce.

Luego todos se volvieron hacia Kyle y le dijeron: "Lamentamos mucho no haberte creído. ¡Era un alce!"

Kyle simplemente sonrió y dijo: "¡Si!" Luego fue a tomar una siesta en la hamaca.

El fin

Cheri y la
Hamburguesa con Queso

P. Kevin Remington
Julio 2020

Cuando Cheri era pequeña, le encantaba andar en bicicleta. Iba en bicicleta hasta la esquina porque tenía cinco años y le permitían ir a la esquina. Luego iba en bicicleta hasta la otra esquina porque era muy buena andando en bicicleta.

Cuando Cheri iba en bicicleta, veía todo tipo de cosas. Cheri veía su casa y las flores frente a la casa y los pequeños gnomos de jardín parados en los jardines frente a la casa. Vio la casa de su vecino y tenía un enrejado con muchas flores creciendo por todas partes. Cuando llegaba a la esquina, veía el edificio del templo justo allí en la esquina. Allí se reunían todos los sábados.

Cheri estaba muy orgullosa de poder andar en bicicleta de esquina a esquina.

Un día, Cheri y su familia salieron a cenar. Fueron a McDonald's. Ese era el restaurante favorito de Cheri porque tenían comida y juguetes maravillosos para los niños.

Tenían patatas fritas, que estaban realmente buenas.

Tenían tartas de manzana, que estaban realmente buenas.

Tenían Big Macs, que eran realmente buenas.

También había una hamburguesa con queso y tocino que tenía muy buena pinta. Cheri nunca había comido la hamburguesa con queso y tocino. Cheri quería probar una hamburguesa con queso y tocino porque había oído que realmente eran las mejores.

Cheri le preguntó a su papá: "Papá, ¿puedo comer una hamburguesa con queso y tocino hoy? He oído que son realmente buenas".

El papá de Cheri dijo: "No, no puedes comer tocino. No comemos tocino".

Cheri estaba confundida y preguntó: "¿Por qué?"

Su padre respondió: "Porque somos judíos y los judíos no comen tocino. Lo siento, pero no puedes comer una hamburguesa con queso y tocino".

Cheri todavía estaba confundida y volvió a preguntar: "¿Por qué?".

Su padre le explicó que había leyes que seguían los judíos y que una de ellas era no comer tocino. Cheri estaba muy triste. Cheri seguía preguntando por qué y seguía recibiendo respuestas que no entendía. Después de todo, Cheri sólo tenía cinco años.

Cheri comió una Big Mac en su lugar, y estaba realmente buena, pero realmente quería esa hamburguesa con queso y tocino.

Cuando la familia llegó a casa, Cheri se montó en su bicicleta y pensó que tal vez hubiera una mejor respuesta en el templo.

Cheri fue en bicicleta hasta el templo de la esquina. Luego se acercó a la puerta y llamó.

¡Bam! ¡Bam! ¡Bam!

Cuando el rabino abrió la puerta, Cheri dijo: "Rabino, tengo una pregunta".

El rabino dijo: "Sí, ¿cuál es tu pregunta?"

Cheri dijo: "Mi papá no me deja comer una hamburguesa con queso y tocino. Quería una hamburguesa con queso y tocino porque escuché que son muy ricas. ¿Por qué no puedo comer una hamburguesa con queso y tocino?"

El rabino explicó: "Puede que sean sabrosas. Yo no he comida una. Soy judío. Eres judía. Los judíos no comen carne de cerdo. El tocino proviene del cerdo, por eso no lo comemos".

Cheri se quejó, "Pero es muy sabroso. Mis amigos dicen que es muy sabroso. ¿Por qué no comemos tocino?"

El rabino procedió a contarle una historia a Cheri. Él dijo: "¿Te acuerdas de Moisés? Hablamos de Moisés y de cómo dividió las aguas del Mar Rojo y guio a los israelitas a través del desierto. Antes de que Moisés hiciera eso, vivió en Egipto y trató de seguir las leyes de Egipto. Sin embargo, a Moisés no le gustó lo que las leyes egipcias estaban haciendo con los israelitas. Entonces Moisés huyó. Al igual que huiste de tu casa hasta aquí hasta el templo. Moisés corrió mucho más lejos. Corrió todo el camino hacia el desierto. En el desierto, Moisés pensó que ahora podía hacer lo que quisiera. Pero Dios tenía un plan diferente para Moisés. Dios puso un arbusto delante de Moisés. La zarza parecía estar ardiendo porque había llamas, pero la zarza no parecía arder. Moisés no sabía qué hacer."

"Dios sabía qué hacer. Dios dijo: 'Moisés, quítate los zapatos porque estás parado en un lugar muy especial'. Y Moisés hizo lo que Dios le pidió. Y Moisés y Dios conversaron allí mismo. Dios le dijo a Moisés: "Si sigues mis reglas y leyes, yo cuidaré de ti". Todos sabemos lo que pasó después de eso. Moisés siguió las reglas y leyes y fue y sacó a los israelitas de Egipto. Todos conocemos esa historia. Cheri, conoces esa historia".

Cheri asintió con la cabeza.

El rabino continuó: "Eso es como tu hamburguesa con queso y tocino. Moisés no entendió por qué Dios quería que él hiciera las cosas que hizo, pero las hizo para seguir las reglas y leyes. Quizás no entiendas por qué tu papá no te deja comer una hamburguesa con queso y tocino, pero debes saber que él te está cuidando".

Después de esa conversación con el rabino, Cheri se montó en su bicicleta y recorrió todo el camino a casa. Entró a la casa y vio a su papá sentado en su silla.

Cheri dijo: "Papá, todavía quiero una hamburguesa con queso y tocino, pero te amo".

"Yo también te amo", dijo su padre.

Cheri nunca comió una hamburguesa con queso y tocino.

El fin

La niñera

P. Kevin Remington
Julio 2020

Kevin era un anciano agradable que vivía en el barrio. En invierno, Kevin paleaba con cuidado su acera para que la gete pudiera caminar con seguridad sin resbalarse. En verano, se sentaba en el porche de su casa, bebía té Earl Grey caliente y contemplaba las puestas de sol. Cuando la gente pasaba, Kevin siempre sonreía, los saludaba y decía: "Hola". En otoño, recogía bayas de saúco y hacía pasteles de saúco y los compartía con sus vecinos.

Kevin era simplemente un anciano agradable y tranquilo que vivía en el barrio.

Un día, su vecina, Susan, le preguntó si podía cuidar a su hija Addison por un rato. Susan tenía una cita con el médico y no podía llevarse a su hija con ella.

Kevin pensó en esto por un momento y dijo que podía hacerlo, cuidaría a Addison. Después de todo, Kevin había cuidado a su nieto, Turner. Cuando Turner iba, se sentaban juntos y tomaban una buena taza de té, jugaban ajedrez, veian una película y se lo pasaban genial. Kevin y Turner tomaban más té y charlaban hasta que llegaba el momento de que Turner se fuera a casa con sus padres. Kevin recordaba esto con cariño y pensaba que sería bueno cuidar a Addison.

Al día siguiente, cuando Addison iba a ir a su casa, Kevin estaba listo. Había preparado té. Tenía el ajedrez preparado y listo para jugar. Estaba listo para cuidar de Addison.

Cuando llegó Addison, Kevin preguntó: "¿Qué te gustaría hacer hoy?".

Addison respondió rápidamente: "Quiero jugar un juego".

"¿Qué juego te gustaría jugar?" preguntó Kevin.

"A las escondidas", respondió Addison. Continuó explicando cómo jugar: "Cuentas hasta treinta y yo me esconderé".

Kevin se tapó los ojos, contó hasta treinta y luego fue a buscar a Addison.

Addison era sólo una niña, de unos seis o siete años. Ella no era muy buena escondiéndose. De hecho, se escondió detrás de las cortinas de la sala de estar y Kevin pudo ver sus zapatos asomando debajo de las cortinas.

Kevin no quería encontrar a Addison de inmediato porque pensó que eso no haría que el juego fuera muy divertido. Kevin miró a todas partes y anunció hacia dónde miraba para que Addison pudiera oírlo.

Kevin miró hacia el sofá y dijo: "No, no hay Addison en el sofá".

Luego, Kevin miró las tazas de té y dijo en voz alta: "No hay Addison en las tazas de té".

En ese momento, Kevin escuchó una pequeña risita detrás de las cortinas.

Kevin se rio y abrió las cortinas y Gritó: "¡Te encontré!"

Addison se rio de alegría y explicó: "Ahora te escondes".

Kevin realmente no quería esconderse y sugirió que hicieran algo más.

"¿Por qué no hacemos galletas?" sugirió Kevin.

Addison estaba muy emocionada y dijo: "Sí, me encanta hacer galletas con chispas de chocolate".

Kevin sacó un pequeño taburete para que Addison se subiera y ella pudiera alcanzar el mostrador. Luego empezaron a hacer galletas. Kevin sacó un cuenco grande. Tuvieron que poner la harina en el bol. Kevin dejó que Addison le ayudara a medir la harina en un tazón.

Addison se estaba divirtiendo mucho y pronto la harina estuvo en el tazón, en la encimera, en el fregadero, sobre los armarios y, en general, en todas partes.

A continuación llegó el momento de romper los huevos y ponerlos en el bol. La receta solo requería dos huevos, pero Addison dejó caer uno huevo. Otro huevo rodó desde el extremo del mostrador y se estrelló contra el suelo. Y de alguna manera un huevo terminó en la lámpara del techo. Dos huevos llegaron al recipiente.

Luego agregaron la leche. Esta vez, Kevin añadió eso con cuidado.Luego llegó el momento de añadir el azúcar, el cacao en polvo y por último las chispas de chocolate. Es posible que haya entrado en el bol la cantidad adecuada de azúcar y cacao en polvo. Definitivamente había señales de azúcar y cacao en polvo por todo el mostrador y el piso. solo necesitaban una taza de chispas de chocolate.

Addison tuvo que probar las chispas de chocolate para asegurarse de que fueran lo suficientemente sabrosas. Luego tuvo que probar las chispas de chocolate para asegurarse de que tuvieran la dureza adecuada. Y fue Kevin quien logró guardar suficientes chispas de chocolate para las galletas. Addison tenía la boca llena de chispas de chocolate y no podía decir nada.

Después de que todo estuvo en el tazón y se mezcló muy bien, Addison ayudó a colocarlos en una bandeja para hornearlas. Hubo grandes ruidos. Hubo pequeños chasquidos. Se oyeron golpes que volaron por el aire y se pegaron al frigorífico.

Finalmente, Kevin hizo que Addison se alejara porque el horno estaba muy caliente y puso las galletas para hornear.

Cuando las galletas con chispas de chocolate estuvieron listas para salir, Kevin sugirió que tal vez deberían comer un par, solo para asegurarse de que estuvieran lo suficientemente sabrosas.

Addison dijo: "¡Sí! Me gustaría un poco de leche para mojar mis galletas. Mi papá siempre moja sus galletas".

Kevin tomó dos vasos de leche. Uno para él y otro para Addison, mojaron galletas y comieron galletas con chispas de chocolate.

Después de la leche y las galletas, Kevin pensó que podrían leer un libro o ver una película y simplemente relajarse.

Kevin le preguntó a Addison: "¿Qué te gustaría hacer ahora?" Addison dijo: "Quiero jugar un juego. Yo quiero jugar las escondidas."

Kevin volvió a contar hasta treinta y Addison se escondió.

Kevin miró detrás de las cortinas y no había Addison. Miró encima del sofá y no había Addison. Miró debajo del sofá y no había Addison. Entonces Kevin notó todas estas pequeñas huellas blancas de toda la harina que se derramo al hacer galletas.

Kevin siguió las huellas por toda la casa. Las huellas entraron al baño y luego al garaje. Las huellas iban desde el garaje hasta el sótano. Las huellas iban desde el sótano hasta el dormitorio. Las huellas finalmente se detuvieron en la sala familiar.

Kevin encontró a Addison debajo de la alfombra en la sala familiar.

Luego Kevin dijo: "¿Por qué no jugamos un juego que me gusta? ¿Te gustaría jugar al ajedrez?".

Addison tenía una expresión extraña en su rostro y dijo: "¿Ajedrez? ¿Cómo se juega al ajedrez?".

Kevin explicó que te sientas en esta mesa con el tablero de ajedrez y mueves las piezas.

Addison dijo que le encantaba mover piezas. Luego tomó el caballo y le preguntó qué hace en el juego.

Kevin explicó que era un caballero y que se movía hacia adelante y hacia los lados. Addison agarró a sus dos caballeros y los hizo saltar por todo el tablero. Luego Addison levantó otra pieza.

"¿Qué es esto?" preguntó Addison.

"Ese es un peón, y sólo puede avanzar", explicó Kevin. De repente, Addison avanzó todos sus peones. Entonces Addison preguntó por otra pieza.

"Esa es una torre", dijo Kevin, "y va recta o de lado". Addison tomó su torre y atravesó todos los peones. La torre atravesó a todos los caballos. De hecho, su torre lo atravesó todo y lo arrojó todo al suelo. Este no era exactamente el pacífico juego de ajedrez que Kevin había esperado.

"Ya que terminamos este juego, ¿qué te gustaría hacer ahora?" preguntó Kevin.

Addison no dudó y dijo: "¡Quiero jugar al escondite!".

Kevin respiró hondo. Suspiró profundamente. Entonces Kevin contó hasta treinta y Addison se fue a esconder.

Esta vez, Kevin buscó a Addison por todas partes. Miró detrás de las cortinas. Miró hacia el sofá. Miró debajo del cojines en el sofá. Miró detrás de la puerta del baño. Miró debajo de la alfombra.

Kevin buscó por todos lados y no pudo encontrar a Addison por ningún lado. Estaba empezando a preocuparse, pero justo antes de que Susan regresara, Kevin escuchó una risita. Kevin lentamente miró hacia donde estaba la risita y allí estaba Addison en el candelabro. Kevin no tiene idea de cómo llegó Addison allí, pero logró bajarla de manera segura.

Justo cuando Kevin y Addison iban a sentarse y tomar más leche y galletas, Susan llegó y abrió la puerta. Susan vio un poco de harina blanca en las paredes de aquí. Y notó harina blanca en el sofá. Y notó una nube de harina blanca que bajaba suavemente las escaleras. Entonces Susan se fijó en Kevin y Addison.

Allí estaba sentada Addison con su mejor vestido veraniego con bonitas flores, todo cubierto de polvo blanco, y parecía más un fantasma que una niña pequeña.

Susan preguntó cuidadosamente: "¿Addison se portó bien?"

Kevin respondió con una sonrisa: "Oh, sí. Addison no fue ningún problema en absoluto. Hicimos galletas y jugamos y la pasamos muy bien". Susan sacudió la cabeza lentamente mientras miraba toda la harina blanca por todas partes y llevó a Addison a casa.

Kevin se puso a limpiar su casa. Le llevó toda la semana limpiar toda la harina, la leche, el azúcar y el cacao en polvo que había por toda la casa. Finalmente, cuando la casa casi había vuelto a la normalidad, Kevin descubrió que había perdido las dos torres de su juego de ajedrez. No estaba seguro de dónde estaban.

Creía que una podría estar en el candelabro.

El fin

Stephanie recibe a Papá Noel

P. Kevin Remington
Julio 2020

Este es el año en que Stephanie iba a encontrarse con Papá Noel. Stephanie ha visto a los Papá Noel en el centro comercial, pero todo el mundo sabe que los Papá Noel del centro comercial no son el verdadero Papá Noel, son sólo ayudantes del verdadero Papá Noel.

Este año, Stephanie iba a conocer al verdadero Papá Noel. Ella iba a capturarlo cuando él llegara a su casa. A Stephanie no se le permitían quedarse despierta hasta muy tarde. Su hora de acostarse son las ocho y Papá Noel solía llegar mucho más tarde por la noche. Stephanie no quería perdérselo este año, así que tenía un plan.

Stephanie esperó hasta que era casi la hora de dormir. Luego puso su plan en acción. Stephanie había planeado trampas para capturar a Papá Noel.

Stephanie puso sus muñecas Barbie junto a la puerta principal en caso de que Papá Noel entrara por la puerta principal. Colocó sus muñecas, su auto y su casa de juegos justo detrás de la puerta. Si Papá Noel entraba de esa manera, tropezaría con los juguetes, se caería y haría mucho ruido.

Stephanie sabía que Papá Noel era complicado. En caso de que Papá Noel entrara por la ventana delantera, colocó piezas de Lego en el alféizar de la ventana y en el suelo justo debajo de la ventana. Usó todas sus piezas de Lego y algunos de los dinosaurios de su hermano y los extendió con cuidado.

Era un buen plan, pero Stephanie sabía que sus padres también eran tramposos. Stephanie estaba segura de que sus padres ayudarían a Papá Noel, así que les tendió una trampa. Stephanie puso todas sus canicas en las escaleras que conducían al dormitorio de sus padres. Puso todos sus aggies en un solo escalón. Su Steelies en otro. Puso los bonitos ojos de estrella en otro escalón y los ojos de gato en el escalón inferior. Y sólo para asegurarse, Stephanie puso pequeñas tachuelas alrededor de los bordes.

Stephanie quería asegurarse de que si era Papá Noel o sus padres, harían mucho ruido y la despertarían.

La última parte del plan de Stephanie era separar el sofá de la pared. Detrás del sofá, Stephanie tenía una manta y una almohada. Allí era donde Stephanie y su perro, Josie, iban a dormir esa noche. Cuando Papá Noel viniera el haría mucho ruido, despertaría a Josie, y Josie despertaría a Stephanie, y conocería al verdadero Papá Noel.

Stephanie pensó que este era un plan perfecto.

Esa noche, la noche antes de Navidad, Stephanie le sirvió el vaso de leche a Papá Noel. Le sacó un plato de galletas a Santa. Sacó una zanahoria y la puso con cuidado al lado del plato. La zanahoria era para los renos. Luego Stephanie se fue a dormir detrás del sofá.

No pasó mucho tiempo cuando Stephanie se despertó con un ruido terrible y fuerte. Era exactamente igual al libro que le había leído el padre de Stephanie. En el patio se escuchó un ruido terrible. Stephanie se levantó de un salto para ver qué había hecho todo ese ruido.

Estaba oscuro y Stephanie no podía ver nada. Encendió la luz y allí estaba tirado en el suelo su padre. El padre de Stephanie se había levantado para buscar un refrigerio en el refrigerador y se resbaló en las canicas, tropezó con las tachuelas, aterrizó en los ladrillos de Lego y se cayó. ¡Cayó con ruido! Justo enfrente del árbol de Navidad. Había aterrizado tan fuerte que incluso derribó las galletas y la leche que eran para Papá Noel.

El plan se arruinó y Stephanie nunca conocería a Papá Noel. Entonces Stephanie subió a su dormitorio y se quedó dormida. Durmió muy tranquila sabiendo que tenía un nuevo plan para el próximo año.

Por la mañana, Stephanie bajó corriendo las escaleras para ver si había llegado Papá Noel. había llegado y había regalos debajo del árbol y su padre estaba profundamente dormido detrás del sofá.

El fin

Sobre el Autor

Kevin Remington es padre de dos hijos. Aunque ahora so mucho mayores, cuando eran muy pequeños no encontraba cuentos ni libros que le gustaran para niños. Contó sus propias historias.

A lo largo de los años, ha contado muchas historias. Muchas de las historias fueron contadas alrededor de una fogata en el Parque Algonquin mientras acampaba con su familia.

Ha sido un nerd de las computadoras durante la mayor parte de su vida adulta. Como tal, uno de los requisitos era tener un hobby que no tuviera nada que ver con las computadoras. Lo suyo eran libros, cómics, novelas gráficas y escritura. Podría añadir la música y el golf a la lista, aunque no lo hace nada bien.

Para conocerlo, simplemente siéntate con él con una taza de té Earl Grey, te hablará y contará historias, para deleitarte y poner una sonrisa en tu rostro.